MADRESELVA

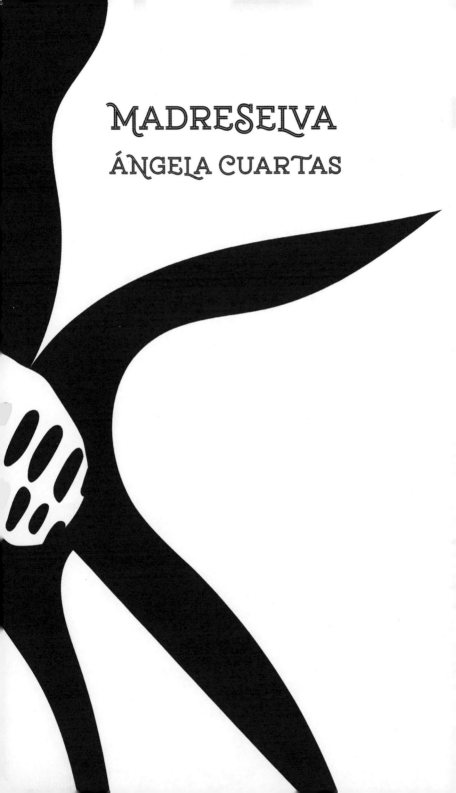

Para Roberto

Copyright © Ángela Cuartas, 2023

Editores
Maria Elena Morán
Flávio Ilha
Jeferson Tenório
João Nunes Junior

Capa e projeto gráfico: Maria Williane
Editoração eletrônica: Studio I
Revisão: Press Revisão

Dados Internacionais de Catalogação na Publicação (CIP) de acordo com ISBD

C961m Cuartas, Ángela
  Madreselva / Ángela Cuartas. - Porto Alegre : Diadorim Editora, 2023.
  148 p. ; 14cm x 21cm.
  ISBN: 978-65-85136-01-3
  1. Literatura brasileira. 2. Contos. I. Título.

2023-812
CDD 869.8992301
CDU 821.134.3(81)-34

Elaborado por Vagner Rodolfo da Silva - CRB-8/9410
Índice para catálogo sistemático:
1. Literatura brasileira : Contos 869.8992301
2. Literatura brasileira : Contos 821.134.3(81)-34

Todos os direitos desta edição reservados à

Diadorim Editora
Rua Antônio Sereno Moretto, 55/1201 B
90870-012 - Porto Alegre - RS

Nada mudou.
Apenas a linha de fronteiras de florestas, costas, desertos e icebergs.
Nestas paisagens a alma perambula,
desaparece, volta, se aproxima e se distancia,
desconhecida de si mesma, esquiva,
às vezes certa, às vezes incerta da sua própria existência,
enquanto o corpo é e é e é,
e não tem para onde ir.
Wisława Szymborska

Una red de mirada
mantiene unido al mundo
no lo deja caerse.
Roberto Juarroz

Índice

Seiva	12
Ciência	14
Reino mineral	15
Fêmea	16
Abuela	17
Sede	18
Antídoto	20
Carne	22
Samambaias	27
Diástole e sístole	34
Filictum	35
Lâmpada de neon	36
Veludo vermelho	37
Proporção inversa	39
Segredo	41
Repouso	42
O corpo e o sangue de Cristo	44
O cheiro do zimbro	49
Bruta flor	56
Un dos tres por mí	57
Pedras lisas	58
El mundo de los niños	59
Palestina	60
Raiz	61
Tartaruga	62
Alguém na Terra está à nossa espera	64
Rípio	69
Dois maiôs	76
Experiência de campo	78
Pele	79

Criatura	80
Terceira margem	81
Biombo	83
Vicachá	85
Lajes flutuantes	88
Teoria do abraço	94
Cinco mil e duzentos metros	102
Apogeu	103
Oeste	105
Duermevela	106
Planta	107
Testemunha	108
Par	109
Efeito primata	112
Madreselva	119
Deriva	134
Vórtice	135
Constelação	136
Contato	138
Vulcão nevado	139
Intruso	141
Estuário	143
Agradecimentos	145

Seiva

Os pés da mulher pisam raízes, folhas, paus, pedras, cipós, espinhos e umidade. Eles testam o chão sem a mediação explícita do medo. É preciso evitar animais e homens venenosos que se esgueiram em todas as direções. É preciso preservar a vida que persiste na inspiração e expiração difíceis no ar denso de mato fechado e escuro. É preciso ver com a pele, com o nariz, com a língua, com os ouvidos. É preciso ser a extensão do ambiente e, mesmo assim, ou exatamente por isso, é muito fácil ser mordida por uma cobra. O veneno da cobra já está no corpo da mulher, circula no sangue, e ela cai devagar, como uma árvore que acaba de ser cortada, até se entregar ao chão, chamando seus protetores. Pouco depois, um som se aproxima. Quatro mulheres a carregam numa rede e a levam para um clarão seguro, onde cuidam dela durante dias e salvam a sua vida. Porém, naqueles instantes em que esteve sozinha no meio do mato escuro, sofrendo com a dor e a asfixia, a mulher já tinha percebido que o veneno é uma prolongação da cobra, e que, mesmo com o efeito do antídoto, o veneno, ou a cobra, continuaria nela, no seu sangue, percorrendo cada canto, se adaptando à ondulação dos intestinos e às formas dos ossos, feito cipó. Aquela cobra, ou aquele veneno, se diluiu só para as primeiras camadas do olhar, porque nos sonhos e nas vidas que ainda lhe restam por viver e por engendrar, ele continua um. Continua um nas filhas da mulher e nas filhas das suas filhas e nas filhas delas, como água que desce a ladeira ou circula as árvores da raiz até a copa, e se ramifica entre as fibras e o relevo, mas sempre acaba se encontrando e voltando a se separar e voltando a se encontrar nas veias ou no rio ou no mar ou no céu ou na ladeira e na árvore de novo. E as filhas das filhas das filhas também sentem a cobra dentro: em uma curva é cura e na outra ataca, precisa morder e precisa aliviar na mesma medida.

Ciência

Sou a garganta de uma mulher que está com muito calor e muita sede e vai tomar um banho. Abre a cortina do chuveiro e vê, num canto, sobre o piso branco, uma serpente que se mexe devagar. Ela se aproxima da serpente: é grande e tem a pele verde-escura. O coração da mulher ganha peso, bate com mais força, uma força que parece secreta, pois só se sente daqui, de dentro. Ela segura o animal com as duas mãos e coloca a cabeça dentro da boca. A serpente começa a descer por mim, sinto a sua pele fria e o corpo firme dilatando o meu. Desce mais, até entrar completamente. Dentro do corpo da mulher, perto do coração, a serpente se enrosca e dá uma volta. Agora sobe de novo e a cabeça me preenche. O resto do corpo se estica pelo peito e se enrosca na boca do estômago. Apavorada, a mulher vai ao médico para ver se ele pode tirar a serpente. O médico olha com uma lanterninha para dentro da boca da mulher, baixa a língua com uma espátula, me ilumina e consegue enxergar a cabeça da serpente, quieta, em mim. Com um movimento curto e rápido, tira a mão da boca e depois congela com olhos de espanto.

Reino mineral

Vamos de carro por uma estrada de terra avermelhada. Um homem dirige, eu sou a passageira e as janelas estão abertas. A presença de um rio ao longo da estrada se sente como a luz do sol, como a umidade do ar: recebemos as vibrações da água, o som da corrente faz contato com a nossa pele. Logo uma confusão, pessoas à beira da estrada olham para o rio, parecem nervosas, como cachorros bem-intencionados e medrosos. O homem freia e descemos do carro. Um ônibus está virado na água e pessoas lutam para sair do rio, mas a força da correnteza acaba vencendo, elas se agarram como podem nas pedras e galhos que a água arrasta, algumas são levadas sob o olhar atônito de todos. Desço por uma ladeira de terra nua, entro na água e me aproximo de uma mulher que está se afogando, lhe estendo a mão e dobro o joelho formando uma espécie de escada. Ela põe o pé na minha coxa e começa a subir se apoiando no meu ombro. Tenho a consistência de uma pedra.

Fêmea

Da minha janela se vê um rio. Num dia de temporal, as águas alagaram a rua e correram por vários dias com a violência de uma cidade desenganada. Com o passar do tempo e na força do costume, a vida se adaptou. A rotina seguiu nas calçadas, nos prédios residenciais, nas lojas, nas lanchonetes, e todos os vizinhos nos habituamos a morar à beira de um rio, nova fronteira na paisagem da cidade. Hoje estou debruçada na janela, desprevenida, falando no telefone com uma amiga. Minha tranquilidade se transtorna quando na rua aparece um réptil, tão alto quanto uma casa de dois andares, que exibe roxos e amarelos luminosos em diferentes regiões da pele. A cabeça é coroada por uma crista intimidante. Corre rio abaixo, seguido por outro réptil semelhante, mas pequeno. A filha, eu presumo. A água do rio perde força ao lado do poder destruidor da mãe. Ela tem fome de algo imaterial, esmaga tudo a seu caminho. A filha imita e derruba cada obstáculo. Das janelas dos apartamentos e das calçadas todos olhamos paralisados, ninguém sabe o que fazer, como controlar o animal, ou se deveria ser aniquilado. Não consigo descobrir se ela quer fazer mal ou se apenas leva o embaraço de um corpo intimidante, o desconcerto de um instinto liberado. Um homem aparece no final da rua e aguarda. Quando ela está mais perto, ele se joga e se pendura no pescoço do animal. Esse gesto extingue o poder da mãe e ela perde o equilíbrio. Mãe e homem caem entrelaçados, em câmera lenta, e afundam nas águas do rio.

Abuela

Ela aproxima o cigarro sem filtro da boca com total precisão. Nem muito rápido nem muito devagar, nem no canto nem no meio, mas no momento e no ponto exigidos pelo desenrolar do corpo. Ela aprendeu o gesto pela necessidade medular, vinda de outras gerações, de se diluir em pequenas doses, de aniquilar a dor no ritmo cíclico da natureza. Ela sente a oscilação da vida no fumo amargo e um pouco ardente que entra e sai pela garganta, deixando a língua quase anestesiada e a cabeça leve ao ponto da vertigem. Ela faz tudo isso com a exatidão e a inconsciência de um hábito que passa a ser órgão vital. Ela tem uma voracidade não permitida às mulheres, nem antes nem hoje, um excesso não permitido às mulheres que agora ela segura entre *el índice y el corazón*, porque na língua dela para tudo existem outras vozes. Ela tem o excesso contido na ponta dos dedos, ela traga o excesso e depois o expele na minha direção. Ela fala comigo numa voz rouca, vinda do fundo da garganta, dos olhos rasgados, do cabelo esférico e prateado como uma extensão espiritual do crânio, da boca e das unhas vermelhas, longas, resistentes. Ela põe em evidência a perspectiva da minha dor, ela me olha por dentro, mas está longe, está do outro lado, onde passado e futuro coexistem, onde há apenas a distância entre um e outro passo, distância enchida de nada, ou da ideia tranquilizadora do tempo. Ela me olha e sopra esse nada, ou essa ficção, em baforadas que ardem. Ela me obriga a fechar os olhos e eu sinto a desintegração no meu rosto e é como se ela me ensinasse, nesse gesto, o rumo certo da matéria, verdadeiro destino do corpo.

Sede

Uma estrada de terra amarela, seca, emoldurada em verde-claro. Verde-claro que é capim alto e árvore isolada. Estrada de terra que a bicicleta ganha, esquivando os buracos fundos com graça e engolindo os pequenos com coragem. Estrada de terra que absorve o barulho das rodas, que não tem fim nem começo, que nasce e morre em cada curva, em cada aro desenhado no ar com os pedais. Pés descalços que sou eu, que queria pisar na terra, mas preciso comer a estrada, mastigar o chão, tragar o pó e chegar logo, chegar ali, chegar na curva, na outra curva, mais adiante, depois do abismo. Abismo de grama rente, de vacas tristes, de bois famintos. Abismo prenúncio de lagoa, ladeira de um sentido, azul tocado pela pedra. Pedra que sou eu, ladeira que sou eu, lagoa que sou eu, que é a sede dos meus olhos. Sede de tudo, sede de luz, sede de casa. Casa que está logo ali, depois da curva, depois da sede, depois da seca, depois da chuva, que é porteira azul de madeira. Porteira que se abre e me oferece o quintal, as árvores de jaca, as jacas espatifadas no chão, as entranhas expostas, as moscas se relambendo, o cheiro da jaca invadindo meu nariz, envolvendo o sino calado. Silêncio que brota do sino, se mescla com o cheiro da jaca e banha as paredes da casa, entra e sai pelas janelas e se dilui no ar sobre as camas e sobre as poltronas até alagar todo o espaço dentro e fora da casa e me banhar e banhar meus pés e meus olhos que olham o chão enquanto deixo a bicicleta de lado e vejo a cobra perto dos pés, ao lado da roda. Cobra que está inerte, inerte-doente, inerte-ferida, e me puxa dos olhos, do laço invisível da pele, e os pés se aproximam e a mão se aproxima e a cobra desperta: ataca no ritmo do instinto que dança na mão e as duas recuam.

Antídoto

As mãos dele devem estar quentes. Você lhe pede que as ponha sobre seu ventre e se permite sentir como a pele vai aquecendo devagar e o calor vai penetrando as camadas da carne até chegar nos ovários. Você sente os ovários e o útero que se acalmam e, durante alguns minutos, você olha para ele e ele olha para você e ele não sabe que tipo de cura está fazendo, mas de alguma forma ele sabe que precisa olhar para você, porque as mulheres da sua linhagem não foram vistas por séculos. Elas foram estupradas por homens que vinham para pacificar as terras, elas foram estupradas por seus maridos e espancadas por suas mães e chicoteadas por seus donos, mas elas não foram vistas. Então ele olha para você e você olha para ele e você imagina que nesse olhar existe um remédio para a dor de muitas mulheres europeias americanas africanas asiáticas que foram tocadas chamadas lambidas cheiradas, mas não foram vistas.

Carne

*Para que ter um corpo se é preciso
mantê-lo trancado num estojo,
como um violino muito raro?*
KATHERINE MANSFIELD

Uma mulher deitada de lado, em cima de uma mesa retangular de madeira, totalmente nua. O cabelo vinho, curto e ondulado é organismo vivo, copa florida de sapucaia. O ateliê, também retangular e margeado por eucaliptos e embaúbas, fica no topo de um morro, que, por sua vez, é contornado por uma avenida circular pouco transitada. De fora, é impossível ver qualquer coisa através dos janelões que compõem quase a totalidade das paredes do ateliê. Os vidros já estão embaçados pela ação conjunta do frio, da névoa e do calor humano. A mesa onde a mulher repousa é um dos quatro lados de outro retângulo maior, formado por mesas cuidadosamente dispostas pelo professor antes da chegada dos estudantes. Em cada um dos outros três lados do retângulo, há dois estudantes usando aventais azuis, verdes e beges. Se nos localizarmos na porta do ateliê, às costas da modelo, nossos olhos serão atraídos pela estudante sentada ao lado direito da mesa mais distante da porta, paralela à mesa da modelo. Ela usa um avental azul sobre uma camiseta branca e tem o cabelo preso num coque alto.

Ao contrário de seus companheiros, ela ainda não tocou na argila. Seus olhos, que até aquele momento estiveram serenos como que absorvendo o vazio (mas, na verdade, olhavam atentamente os pés da mulher nua, à sua frente), começam a percorrer as pernas, subindo pelas coxas generosas e pela virilha com poucos pelos visíveis, até chegar nos quadris largos e ossudos e parar no relevo complexo de curvas, dobras e linhas que a cintura e o ventre formam desembocando em uma ladeira puxada pela gravidade que se integra à superfície da mesa como uma montanha que beija o vale. Um dos braços da modelo forma um triângulo isósceles, que serve de apoio à cabeça. O outro está estendido ao longo do torso, os dedos da mão relaxados sobre o quadril. Os peitos são pequenos, redondos e têm os mamilos eriçados pelo frio. O pescoço curto e grosso contrasta com a delicadeza do rosto: boca e nariz pequenos e olhos cor de mel bordeados com exatidão por uma linha preta que lhes dá uma aparência felina. Por um segundo, os olhos da estudante e da modelo se encontram e é como se esse contato, que agora nenhuma das duas tem plena certeza de ter vivido, fosse o tiro de largada.

A estudante coloca as mãos na argila úmida e começa a acariciá-la com as pontas de todos os dedos, fazendo movimentos cada vez mais ágeis, curtos e precisos, bem no meio do bloco gelado. Em nenhum momento a estudante baixa a cabeça, ela fixa os olhos na pele da mulher, que não é mais um corpo humano. Agora ela é o bloco de argila, e o espaço que a separa dele também é triturado pelo olhar da estudante, desintegrado em tato. O som de um piano tocando no fundo da sua cabeça acompanha essa forma de união, cujo único vestígio são as marcas dos dedos na matéria. Naquele momento a estudante não percebe a música, o som nasce ainda tímido em algum ponto do seu cérebro, como uma ribeira no topo da montanha. Só pensa na música ao guardar o avental no armário, junto com o bloco a meio modelar, embalado em uma sacola plástica, e perceber que seus dedos e o resto do corpo ainda estão com a sensação de ter acariciado a pele da mulher pelos quarenta minutos da aula, que pareceram dez, ou zero.

Os colegas conversam enquanto a modelo se veste e o professor organiza alguma coisa no fundo do ateliê. A estudante coloca um casaco, desce o mais rápido possível pelas escadarias de pedra do morro, entra por uma trilha à esquerda, faz uma pausa e enfia a mão na mochila, encontra os fones de ouvido, os conecta no celular que tira do bolso da calça jeans, programa o som do piano que já é cascata na sua cabeça, depois coloca os fones nos ouvidos, guarda o celular e volta a caminhar. Alguns passos depois, está longe de todos e de tudo. Agora são apenas ela e o pedaço de bosque de névoa. A falta de oxigênio a obriga a parar de novo e, nesse momento, sente um calor suave na pele do braço e do rosto. Levanta a cabeça e vê as copas de um grupo de eucaliptos se balançando devagar, com o céu nublado ao fundo. Entre elas há pouco espaço, mas, mesmo no vaivém do vento, as copas não se tocam. Ela olha para o braço de novo, levanta a manga do casaco, tenta descobrir de onde vem aquela temperatura morna e enxerga um brilho leve e colorido envolvendo a pele do antebraço. Aproxima os dedos do lado do rosto onde experimenta o calor, sem chegar a tocar nele. Então sente o brilho: agulhas finíssimas tilintam na palma da mão.

Levanta a cabeça em direção às arvores e fica olhando a dança das copas que não se tocam, ao mesmo tempo em que procura pela fonte do calor. Talvez o sol esteja aparecendo num canto do céu, ou mesmo um raio tenha vazado por alguma fenda do cinza. Mas o céu é uma massa amorfa e fechada. O olhar aberto, sem ponto fixo entre as copas prateadas e o fundo, testemunha a metamorfose gradual dos contornos: um brilho leve, colorido, aparece primeiro entre uma árvore e outra, depois entre um e outro galho e finalmente entre as folhas. Ela não distingue mais os limites, o brilho vem das folhas, mas também se derrama nelas, vindo de fora, e ao mesmo tempo as une num elo feito de partículas muito finas, de toda cor, que se consolidam por segundos em matéria verde. Ela tenta acompanhar o traço do elo que deixa de ser traço e passa a ser ar, vento, espaço, até chegar nela, na grama, na escadaria de pedra, nas folhas derretidas em chão, nas raízes-cobras de árvores distantes e próximas.

A música, que continua tocando, é e se junta às camadas de partículas dentro e fora do crânio, fora e dentro das coisas, limitando com as coisas e sendo as coisas e peneirando as coisas e fazendo o centro do peito se abrir em algo além do amor que brota dos olhos e engole os olhos e, se alguém chegasse naquele momento, ela teria que morrer. Mas ninguém chega. Ela fica estática e vulnerável com os pés no chão olhando em volta, tentando descobrir como se movimentar naquela água nova. Ela fecha e abre os olhos devagar, mas o ar insiste em ser garoa que não cai. Ela respira consciente esse todo úmido, verde Patinir estilhaçado, e sente um cheiro de mato queimado. Olha em volta buscando a origem do cheiro: um dos arbustos plantados perto das escadarias de pedra é diferente. Todos eles estão podados sem muita simetria, apenas para evitar que cresçam demais. A forma deste em específico lembra uma fogueira, e do seu centro sai um fio de fumaça. Ela não consegue ver o interior do arbusto, as folhas pequenas e abundantes ocultam todo o tronco até o chão.

Ela dá mais alguns passos em frente para ver melhor. A fumaça ganha corpo e intensidade em volutas brancas que fazem uma dança para depois se atomizarem em cores, o cheiro também se intensifica e ela ainda não entende o que está acontecendo ali dentro. Então se aproxima mais, dá voltas em torno do arbusto e depois estica a mão para atravessar o contorno fluido. Descobre que, mesmo sem limites definidos, existe um fundo, um dentro, um fora, e com as duas mãos abre uma fresta para espiar entre as folhas. Baixa a cabeça e avança até enfiá-la pela fresta que se expande, como num parto ao avesso. Espia por um instante, retira a cabeça e fica quieta, olhando para o arbusto. Depois olha em volta, joga a mochila e o casaco no chão, tira os sapatos, as meias, as calças e a calcinha e a camiseta. Então apanha tudo com um dos braços e com o outro volta a penetrar o arbusto. Enfia o ombro, a cabeça, o outro ombro e as pernas, até sumir do nosso campo de visão.

Samambaias

Quando inspiro, o ar só consegue chegar até a altura do peito. Depois sai em jatinhos irregulares, às vezes fortes, às vezes fracos, nunca profundos. Todo o resto do tronco, das escápulas ao útero, fica desatendido. Não posso dizer que fique vazio, porque, em vez de ar, sempre parece ocupado por um líquido denso. Minhas mandíbulas estão rígidas, mordendo uma embocadura invisível. Os músculos dos ombros atingiram um estado de matéria que difere do resto do corpo, uma solidez mais próxima do osso do que da carne. Minhas mãos quentes conseguem condensar toda a energia do corpo, sobretudo aquela que não circula pelos espaços interditados. Sempre estou com dor ou inchaço na barriga, numa perpétua gravidez seca. Meus pés têm alguns calos que se formaram andando no deserto com sapatos furados, na floresta com botas de borracha ou com sandálias muito estreitas na cidade. Minha língua não está totalmente presa, mas um trecho da parte posterior está costurado ao início da garganta, e ela nunca consegue sair completa para fora. Meu útero é um animal que foi espancado, trancado em uma jaula imunda e depois solto num ambiente hostil. Não sabe distinguir os diferentes tipos de contato e mostra os dentes para qualquer forma de vida.

Naquele dia, enquanto eu esperava pelo homem, meu coração se manifestou, ele sim, em forma de vazio. À medida que se aproximava a hora marcada, meu coração tomou o caminho da implosão, num gesto parecido ao sacrifício materno, mas não igual, porque para o mundo o verdadeiro sacrifício materno é aquele que nega a vida da mãe e não a do embrião junto com a da mãe. Meu coração foi se engolindo com a passagem do tempo, a cada minuto que o homem não aparecia, como se quisesse parar de vez, até me tornar o embrião que talvez ainda não tivesse um coração batendo, e sumir com ele. Mas eu continuava viva e meu coração continuava batendo, por mais que eu sentisse um buraco negro no seu lugar e por mais que esse buraco negro quisesse me sugar toda enquanto os segundos passavam e eu já tinha que chamar o táxi. Em vez disso, eu saí do prédio e caminhei em direção à montanha que estava logo atrás e andei sem parar, como se dentro do bosque de araucárias e paineiras o tempo parasse e minha vida pudesse reiniciar e eu fosse sair dali sendo uma mulher não grávida de um embrião com ou sem coração batendo. Eu andei o suficiente para me sentir perdida na montanha, mas memorizei o caminho de volta e me sentei numa pedra. O frio da pedra atravessou a calça, tocou minha bunda e minhas coxas, e eu senti uma punçada no útero. O ar limpo da montanha me lembrou a respiração e eu inspirei, mas, como sempre, o tronco resistiu a receber o ar que saiu aquecido e curto pelas narinas. Meu olhar se fixou nos troncos das árvores e nos arbustos e nas folhas mortas no chão, como se eles pudessem me olhar de volta e me dar uma resposta ou pelo menos algum tipo de consolo. Não recebi resposta a não ser a pulsação verde e radical da natureza. Peguei meu celular e liguei para María, contei para ela que o homem não aparecia e que eu já tinha que chamar o táxi. Ela suspirou, não sabia o que dizer. Nem eu. Ficamos quietas como um par de samambaias no meio da montanha. Desliguei e comecei a andar, decidida a chamar o táxi. Na volta, o encontrei me esperando na portaria.

Leio que existem úteros com forma de coração que não sustentam a vida. Talvez meu útero com forma de coração não sustente a vida e os quatro homens que neste momento fazem um debate público sobre os direitos reprodutivos da mulher estejam tirando conclusões inúteis e cuspindo para todos os cantos da sala sem nenhuma necessidade. Talvez o meu útero com forma de coração não sustente a vida e as conversas que tenho comigo mesma sejam inúteis. Talvez o útero da mulher que teve um filho no meio do cativeiro tivesse forma de coração e ela não soubesse. Talvez esse menino que nasceu sequestrado cresça e se transforme em um homem com o direito de ser livre. Talvez a filha da ex-combatente (que do pai assassinado pelo Estado apenas conserva uma folha de jornal) tenha muita sorte e nunca presencie o assassinato da mãe pelo Estado. Às vezes, penso que talvez o meu útero não tenha tido sempre forma de coração, talvez ele tenha se dividido em dois no dia em que chamei o táxi e voltei com aquela gravidez seca para minha casa e o homem me deixou sozinha com o útero surrado antes de ser solto de novo no ambiente hostil. Mas os médicos diriam que isso é improvável, meu útero sempre foi o mesmo.

Eu estava numa cadeira de rodas semicoberta por uma bata branca e voltando da anestesia. A dor ainda não se manifestava, mas na parte baixa do ventre eu tinha uma sensação parecida com o segundo depois de um soco. Uma enfermeira me trouxe um copinho plástico excessivamente quente, com um chá insípido que mesmo assim eu bebi porque parecia o gesto mais consequente. Não havia mais ninguém na sala. Se eu tivesse me permitido sentir alguma coisa, provavelmente teria sido desamparo. E frio. O homem ainda me esperava na salinha, onde também havia casais nervosos, mulheres sozinhas, mães acompanhando filhas adolescentes e outros homens sozinhos esperando suas respectivas mulheres. Uns segundos depois trouxeram outra mulher em cadeira de rodas. Ela me olhou, mas eu não consegui sustentar o olhar e me concentrei na fumaça que saía do copinho de plástico. Depois daquele dia meu olhar levou muito tempo e muito trabalho para voltar ao corpo e se fixar em coisas sólidas. Se eu tivesse me permitido sentir alguma coisa, provavelmente teria sido raiva, direcionada para fora e com a capacidade de aniquilar qualquer latejo potencial de vida fora de mim. Provavelmente seria o latejo daquele homem que me esperava na salinha.

Leio que os brotos das samambaias têm uma forma espiral semelhante à de um embrião de quatro semanas, mas as samambaias estão na Terra há mais de quatrocentos milhões de anos, enquanto nós estamos aqui há uns trezentos mil anos. Alguns cientistas acreditam que elas tenham tido um papel fundamental na ocupação dos ambientes terrestres pelos animais, porque nos forneceram habitat e alimento. Houve uma época em que elas eram as principais representantes vegetais do planeta. Hoje algumas espécies são consideradas invasoras e tratadas como pragas por ameaçar a biodiversidade, mas há uma espécie com potencial para reverter o envenenamento do solo produzido pelas atividades de mineração. Naquele dia, quando eu voltei da clínica com o olhar ausente, a alma e o corpo anestesiados, e o homem saiu do apartamento, eu fiquei olhando a samambaia que tinha na sala. Ela sempre tinha um ar descontraído, o verde era vivo, nem muito claro nem muito escuro e, acima de tudo, parecia estar em absoluto conforto com a vida. Sua respiração era ampla, eu conseguia distinguir o espaço entre cada folhinha de cada fronde, por abundantes que fossem. Era esse espaço entre as folhas que servia de âncora para meus olhos. Em um gesto quase mecânico, aprendido da minha mãe, eu costumava tirar as folhas secas e espiar as novas espirais brotando. Nunca pensei em tirar as espirais. Se necessário, conseguiria um vaso maior, porque ela produzia brotos com muita rapidez e total confiança no seu destino. María me acompanhou naquela noite. Ela me perguntou como estava me sentindo, se precisava de alguma coisa. De novo, eu não soube o que dizer, nem ela. Então ficamos quietas, as três, respirando o ar limpo da montanha que entrava pela janela.

Diástole e sístole

As pedras são as avós da Terra, dizem as avós. Antes da água, foram as rochas. Há 4,5 bilhões de anos, antes da Terra ser Terra, eram fragmentos de rochas que colidiram e se fundiram. A água veio depois para a Terra. Não existe uma história única que explique como foi que a Terra se cobriu com água, mas a água já estava na atmosfera, lá fora, no espaço, em forma de gás, meteoritos e tempo. Algumas pessoas acreditam que a água tenha caído do espaço em forma de meteoritos de gelo. Outras, que veio do vapor que se formou pela atividade dos vulcões. Outras acreditam numa combinação destas explicações. O certo é que o hidrogênio e o oxigênio já estavam no universo antes de alagar a Terra. A matéria do universo estava em expansão antes da formação da Terra. Para muitas pessoas, não há diferença entre a expansão da matéria e o tempo do universo. O tempo é uma expansão e a expansão é o tempo. Como uma semente, ou como um coração em repouso, a matéria do universo estava condensada num ponto antes da dilatação das partículas. A matéria do mundo está numa trajetória de expansão, e o planeta que habitamos participa nessa jornada. Tentamos nos encontrar num mundo que se separa, num tempo que se dispersa.

Filictum

A cabeça descansa em um dos braços do sofá da sala, o resto do corpo esticado, os pés descalços entrecruzados no outro braço. Eu flutuo muito perto dela, dentro do vaso de palha sustentado por uma corrente parafusada ao teto. Algumas das minhas folhas mais antigas quase tocam na testa e ela não percebe, mas eu sinto que esse contato muda o teor dos seus pensamentos. Agora ela se concentra em mim. Da sua perspectiva dá para ver novas espirais saindo de mim em direção ao teto, entre outras folhas mais desenvolvidas, algumas já secas e que, daqui a pouco, ela vai me arrancar pelo simples prazer de sentir os caules mortos estalando entre as unhas, um prazer breve que eu compartilho por outras razões. Mas, depois disso, ela vai se esquecer de me molhar, porque o sol está esfriando e a consulta com o médico é antes da noite. Outras promessas de folha, aquelas que não acharam espaço aqui em cima, abrem caminho por entre a palha e acabam encontrando ar e luz em vias alternativas, apontando em direção às paredes ou ao chão. Com os olhos quase embaixo de mim, ela pode ver esses meus filhos distantes, e a mente agora projeta repetições da origem que se dobra em si mesma, feito redemoinhos, vulvas, umbigos ou o filho que cresce no útero e que, daqui posso sentir, mas ela ainda não sabe, já tem um coração pulsando. Agora ela passa a mão no ventre, já vai levantar.

Lâmpada de neon

É uma bagunça branca. Luz branca, estante de livros branca, resmas de papel branco sobre a mesa branca, laptop branco, impressora branca, chão branco, teto falso e branco. Entre os livros, empilhados de qualquer forma na estante, há capas de livros brancas, mas também pretas, verdes, amarelas, azuis. As cores ganham um aspecto vulgar e raso sob aquela luz impiedosa. Há folhas esmagadas entre os livros, algumas ameaçam cair no chão. São contratos, provas de impressão, envelopes, desenhos para colorir. Ela olha para a mesa, não há mais espaço. Uma xícara se assoma entre o almanaque, a impressora e algumas folhas mal arrumadas. O café está frio e denso. Ela não está quieta, está detida. Procura alguma coisa entre os objetos, levanta o laptop, abre e fecha gavetas, mexe entre as folhas, olha com desídia entre os poucos espaços vazios na estante. Com um movimento rápido e preciso da cabeça, olha de novo para a mesa. Enfia a mão num porta-canetas e pega uma chave pequena. Abre o cofre que está pendurado na parede, acima da mesa. Dentro está escuro, mas ela parece achar o que procura. Olha para o escuro por um momento. Não está indecisa, apenas tem o gesto quieto de quem se prepara para um mergulho. Estende os braços dentro do cofre e segura um vulto. Retira-o devagar, com cuidado. Ela vacila, olha em volta, olha para o chão, observa o corpo por um segundo, não quer mais segurá-lo, não sabe onde colocá-lo. A decisão deve ser rápida, antes que alguém a veja.

Veludo vermelho

Vemos a cena da altura de um púlpito imaginário na entrada do quarto. Uma mulher de cócoras disputa o centro da imagem com a poltrona de veludo vermelho, onde apoia a testa. A disputa se resolve pela expressão do rosto da mulher: um misto de dor, raiva e cansaço que contrasta com a firmeza suave e muda do móvel. Agora ela não está mais separada da poltrona, ambas atraem o olhar em conjunto. Além da poltrona, uma cama de solteiro com cobertor branco salpicado por pequenas rosas pálidas a ajuda a se sustentar na mesma postura, sem sobrecarregar as pernas. Ela apoia a bunda na lateral da cama que está contra a parede, e a ponta dos dedos de um dos pés toca a pata mais próxima da poltrona. Assim, entre o apoio da bunda na cama e dos dedos e a testa na poltrona, ela garante liberdade às mãos. Está de camisa branca, gravata azul-cinzento com listras brancas e saia xadrez curta, da mesma cor da gravata, recolhida até a parte baixa dos quadris, de modo a deixar todas as coxas e a área genital descobertas. Tem a mão esquerda apoiada na coxa direita, enquanto a outra mão segura o que parece uma panela grande embaixo da vagina. A panela está sobre o extremo de um tapete pequeno, retangular, da mesma cor rosa pálida que salpica o branco do cobertor. Após percorrer todos os detalhes da imagem, incluindo o travesseiro azul-claro em cima da cama, encostado à parede, a cor também azulada da parede que está recebendo luz de uma janela que não vemos, a cor marrom-claro do chão e alguns sinais de deterioração no veludo da poltrona, como se alguém o tivesse rasgado fazendo rabiscos, nossos olhos voltam ao rosto da mulher, parcialmente iluminado e com um gesto que não é exatamente de força, mas de resistência e dureza sustentadas no tempo, por exigência das circunstâncias. A boca fechada fazendo uma meia-lua para baixo denotaria tristeza, não fosse o olhar que nos crava de baixo para cima, mas com altivez, inclusive com desprezo. Por último, vemos o cabelo da mulher, muito liso e escuro, penteado para trás e deixando a testa totalmente descoberta. Mesmo do púlpito imaginário, podemos sentir, pelo conjunto da imagem, a inadequação da nossa ausência que só se configura como presença quando assume a função de ângulo. Um ângulo oposto ao daquela poltrona funda e gasta, que parece tê-la acolhido muitas vezes e provavelmente a acolherá de novo, depois que passar a pior parte.

Proporção inversa

Meu filho ia nascer por parto natural, mas houve complicações e tiveram que fazer uma cesárea. Quando me entregaram o bebê, fiquei sem jeito, não tive sensação nenhuma. Nem amor, nem medo, nem nada. Apenas um corpo em meus braços, coberto por uma manta e me olhando com os olhos bem abertos. Um corpo grande, até. As outras mulheres me olhavam atentas: enfermeiras, irmãs, primas, amigas da escola, todas reunidas naquela sala, tão higienizada e brilhante. Pareciam esperar alguma reação, uma atitude certa, ou pelo menos compreensível. Eu apenas queria estar só, então todas saíram. Quando ficamos nós dois naquela sala branca, ele sorriu exibindo dois dentes na gengiva superior. Também parecia um pouco maior do que no primeiro momento. Incomodada, o larguei na cama. Ele queria comer, mas eu não quis alimentá-lo. Decidi ignorar sua presença até que começou a dar risadinhas, voltando a mostrar os dentes. Tinha crescido mais um pouco e minha inquietação passou a ser raiva. Esse não podia ser meu filho, era grande demais, alguém devia estar brincando comigo. Fui até a porta do quarto e fiz um escândalo, pedindo que trouxessem meu bebê, o verdadeiro. Então as enfermeiras levaram o primeiro, que já parecia ter quase um ano, e trouxeram a nova manta branca envolvendo um pequeno. Tão pequeno que se um novo visitante chegasse nesse momento, não suspeitaria que aquela roupa de cama abrigava um ser humano vivo. A enfermeira que me entregou o bebê parecia constrangida, como se receasse minha reação quando o visse ou como se temesse machucá-lo com um movimento brusco. Eu o recebi e abri a manta: era um pouco maior que minha mão, tinha alguns cabelos escuros, muito finos, e os olhos bem fechados. Era meu filho, um pouco maior que minha mão, magrinho, feio e ainda ausente. A boquinha entreaberta, sentindo o ar pela primeira vez. Os lábios da boca que eu precisava alimentar não deviam medir mais de três milímetros.

Segredo

Ele é tão pequeno que eu o carrego no meu peito, apenas segurado pela borda do sutiã. Ele se esconde ali, entre o tecido e a pele, enquanto eu me ocupo em meus deveres. Ele espera o seu momento, ele não chora, ele não tem voz. Não sei se é calor ou falta de força, ou ambas as coisas, mas ele fica quietinho, como se fosse mais um membro ou parte da minha pele. Eu ando pela cidade, pego o metrô, vou na papelaria, faço umas impressões e, na volta, me lembro apavorada de que ele está no meu peito, deve estar morrendo de fome ou sem ar. Abro os botões da blusa e ele está ali, com uma cor esverdeada muito preocupante. Mas não desisto, talvez ainda dê tempo, e o massageio um pouco. Ele volta ao normal, respira, eu respiro também, e o guardo de novo entre a pele e a borda do sutiã.

Repouso

Um bebê grande, saudável, mama no peito da mãe. Ela sente a respiração do bebê, às vezes profunda, às vezes leve, e percebe que seu próprio corpo se relaxa e contrai em resposta às respirações do filho. O bebê está de olhos fechados e uma das mãos segura ora o braço, ora o peito da mãe. A mulher não desvia o olhar do filho, tem o braço cansado, o pescoço cansado, as pernas cansadas, a coluna cansada, mas sente como o leite que sai do seu peito e entra no corpo do filho volta para ela e a nutre em um ciclo maior e mais fino. O bebê abre os olhos para encontrar os olhos da mãe, e os dois ficam assim, se olhando, até que ele dorme.

O corpo e o sangue de Cristo

Ana Lucía engoliu a mãe quando tinha nove anos e cinco meses. Foi no dia da sua primeira comunhão. A princípio, o mais importante que Ana Lucía engoliria naquele dia seria a hóstia consagrada, inclusive tinham ensaiado o momento por mais de três meses na capela do colégio em duas filas organizadas por ordem de estatura. As meninas se aproximavam do altar da capela e, com a solenidade que o corpo e o sangue de Cristo exigiam, abriam com delicadeza suas boquinhas pecadoras para permitir que o padre pousasse o disco banhado em vinho consagrado. O que mais as atemorizava era o gosto do vinho, pois suas papilas gustativas ainda não tinham tido contato com líquidos proibidos (com exceção de Clara Viviana, que aos sete anos ficou bêbada com os vidrinhos de amostra de whiskey que o avô guardava na biblioteca, e de Isabel Emilia, que tinha provado aguardente quando tinha oito anos, a convite do tio).

Ana Lucía aguardava o dia com ansiedade. Duas semanas antes tinha se confessado e ainda podia sentir a leveza que tomou conta dela ao sair do confessionário com a bênção do padre. Em qualquer idade, os pecados pesam, e para a menina foi um alívio poder contar para o padre que ela e Catalina às vezes se trancavam no quarto da mãe de Catalina e brincavam que ela era o homem e Catalina a mulher e fingiam que estavam "tendo relações", mas nunca se beijavam, apenas sentiam os corpos e depois brigavam porque Catalina descobria que Ana Lucía, ou seja, o pai de

Catalina, tinha outra mulher. E que ela tinha roubado umas moedas que a avó guardava na gaveta do criado-mudo. E que brigava muito com a irmã e às vezes batia nela. E que não merecia os pais que tinha porque não era boa estudante. E que tinha folheado o livro de educação sexual com a prima e a prima tinha mostrado para ela onde ficava a vagina. Contar tudo isso para o padre foi um alívio e na manhã da sua primeira comunhão ela estava leve e nervosa por causa do gosto do vinho, que era o sangue de Cristo, que morreu para que ela pudesse se salvar de todos esses pecados e dos que cometesse pelo resto da vida, como tinha explicado Marina Agualimpia, a professora de religião.

Mas naquela manhã a leveza foi se transformando em peso quando Ana Lucía viu que a mãe estava brava porque a irmã mais velha não queria usar os sapatos azuis que tinham comprado para ela. Enquanto tomava café com o pai no primeiro andar, ela ouvia os gritos da mãe e as batidas da porta do quarto da irmã, que se recusava a obedecer. Ana Lucía sentiu como o nescau se misturava com o pão e o ovo frito no estômago, formando uma massa mais densa do que o normal, que desembocou numa dor de barriga, mas não teve tempo para pensar nisso, porque o pai a tinha mandado subir e se arrumar antes que a mãe se zangasse com ela também. Então ela embuchou o resto da comida e se levantou.

Quando começou a subir as escadas, sentiu que a massa tinha ganhado mais peso e a barriga estava crescendo. Pensou em que sua mãe ia ficar furiosa porque o vestido da primeira comunhão não teria como entrar nela. Quando chegou no final da escada, a barriga já parecia com uma gravidez de quatro meses e ela tinha as mãos geladas. Ouvia o barulho do secador de cabelo de sua mãe, que estava dentro do banheiro. Olhou para baixo e se encontrou com os olhos do pai, que com o olhar a encorajou para que entrasse. Quando entrou, a mãe desligou o secador, a pegou pelo braço, a colocou na frente do espelho e começou a desembaraçar o cabelo. Depois ligou o secador na temperatura mais alta e o colocou sobre a cabeça da menina. A mãe separava mechas do cabelo e as puxava com força, ajudada por uma escova redonda de cerdas duras, enquanto aproximava o secador quente. Quando chegava no couro cabeludo, Ana Lucía sentia que o calor ia deixar sua cabeça em carne viva. Quando todo o cabelo ficou seco e liso, a mãe fez um meio-rabo de cavalo e o prendeu com uma fita branca. Alguns pedaços da parte de cima ficaram irregulares, mas ela não ousou dizer nada, a mãe já estava esborrifando o laquê, agora não tinha como voltar. Com o laquê, ela sentiu que a barriga se inchava mais um pouco. Se olhou no espelho tentando amassar as partes irregulares do penteado com a palma da mão, até sentir a respiração curta e forte da mãe, que a olhava com impaciência, segurando um batom vermelho entre o indicador e o polegar direitos. Mandou a menina ir *rápido* se vestir, eles já estavam atrasados para a igreja. Ela fez ênfase em *rápido*, alongando o erre. Ana Lucía olhou para a boca da mãe enquanto ela pronunciou a palavra: em nenhum momento separou os dentes superiores dos inferiores, mas os lábios se esticaram para os lados, o que a deixava parecida com um cachorro raivoso.

Ana Lucía abriu a boca para falar que estava com dor de barriga, que estava inchada e dura, e não sabia se o vestido iria entrar, mas as palavras da mãe, sobretudo a palavra *rápido*, tinham uma vibração tão forte que viajaram até ela em uma velocidade muito maior do que os reflexos de suas cordas vocais, e se meteram na boca da menina.

Em boca fechada não entra mosca, Marina Agualimpia sempre dizia. Em boca fechada também não entram mães raivosas condensadas em erres, mas estando dentro, só restam duas opções: cuspir ou engolir. Ana Lucía engoliu por costume. Tinha ensaiado a forma mais discreta de engolir o corpo e o sangue de Cristo pelos últimos três meses. A língua, como os pensamentos, não é fácil de controlar, ela faz o que quer, ainda mais quando se é uma criança sem treinamento na arte de ter um corpo. Era de se esperar que nesse momento a língua sentisse o gosto de hóstia amarga da mãe e rapidamente a mandasse para trás, para a garganta, e que esta, num ato reflexo, começasse a engoli-la devagar até uni-la àquela massa crescente e dolorida que se acumulava na barriga. Quando terminou de engolir a mãe, já tinha chegado no quarto. Se enfiou no vestido como deu e pediu para o pai que fechasse o zíper. Ele lhe disse que estava muito bonita. Ela não acreditou.

"O corpo e o sangue de Cristo", disse o padre segurando a hóstia banhada em vinho. "Amém", disse Ana Lucía e abriu a boca com timidez. O gosto do vinho foi bom, talvez por contraste, e ela deixou que a hóstia fosse derretendo entre a língua e o céu da boca no caminho de volta ao seu lugar na capela. Já no seu banco, se ajoelhou e inclinou a cabeça, com as mãos juntas em sinal de prece. Quando a hóstia terminou de se dissolver, ela sentiu de novo a dor na barriga. Estava um pouco mais inchada. Não é fácil digerir uma mãe.

O cheiro do zimbro

Dadas a luminosidade e a pungência do sonho ou do zimbro, eu achava que esse era o dia definitivo, o ponto final, a epifania esperada por trinta e três anos, a solução, a dissolução do nó, a morte do desespero, da criatura que me apertava o pescoço sem chegar a me asfixiar, apenas me impedindo de falar, de respirar amplamente como o organismo vivo que eu era, limitando cronicamente minha capacidade de agir, de nomear, de indicar, de pelo menos ter uma conversa de elevador, ou qualquer tipo de conversa, qualquer conexão com o além de mim, além da dor petrificada entre garganta e peito que não se dissolvia com nenhuma erva, nenhuma substância, fosse ela líquida, alcoólica, gasosa, leitosa, oleosa, hidrogenada ou hidrocarbônica. Eu já tinha provado tudo. Tudo mesmo. Toda terapia, viagem astral, geográfica, subjetiva, transpessoal, toda entrega, toda renúncia, toda luta, engajamento ou processo de autonegação, de reformulação, de transmigração, de desdobramento, mudança de domicílio, de trajetos sinápticos, de medicamento, de relacionamento, de tratamento contra a criatura.
Porque a criatura é real, não é uma figura de linguagem. A criatura nasceu comigo, foi engendrada e gestada comigo e, como toda criatura, foi tomando a forma que a minha criação lhe deu. Não a criação que eu dei à criatura, a criação que me deram e que, portanto, também deram à criatura, por mais que soubessem que ela não chegaria a desenvolver o nível de consciência e adaptabilidade social que eu alcançaria. De

alguma forma eu também criei a criatura, mas isso foi com o passar do tempo, quando foi se formando em mim essa outra camada de autopercepção que me permitiu identificar fronteiras entre o aceitável e o inaceitável, que me ajudou a entender que eu era um ser e a criatura era outro, de certa forma mais quebrada e menos moldável do que eu. Que eu devia dar um lugar para a criatura, uma função, uma habitação dentro de mim ou do espaço que eu ocupava, para que ela não se tornasse vergonhosa ou perigosa demais.

Não éramos siamesas, também não éramos gêmeas, mas a criatura e eu éramos inseparáveis e para isso não havia explicação, simplesmente sempre foi assim. No início eu fiz amizade com a criatura, deixava que ela dormisse comigo, a levava no parquinho segurada por uma coleira peitoral (tivemos que cancelar as saídas quando fomos crescendo e ela se tornou mais difícil de controlar), deixava que usasse meus brinquedos, contava meus segredos para ela, ainda que ela não entendesse e apenas me olhasse com essa ansiedade de qualquer coisa desconhecida que com o tempo foi se tornando mais intensa, mais raivosa, mais perversa.

Foi querendo ocupar a cama inteira (ela nunca deixou de fazer xixi na cama e até hoje usa fralda para dormir), foi se agarrando nos meus tornozelos quando eu queria ficar sozinha no banheiro, foi segurando meu pescoço — e, mesmo que o soltasse, porque a criatura não queria me matar, ela só queria me perturbar, eu nunca me libertei do seu aperto —, ela foi descobrindo o sexo, a compulsão, a crueldade, começou a gostar do desconforto que suas taras me causavam. Então resolvi trancar a criatura e escrever sobre ela, escrever textos falsos, que, em vez de escavar, a escondem mais ainda. Tenho cadernos cheios onde tento descrever a minha relação com a criatura, sobretudo a partir do dia em que optei por trancá-la.

Eu tinha doze anos quando tranquei a criatura. Meus pais não se opuseram, também não comemoraram nem respiraram aliviados com a decisão. Apenas me deram a chave do porão e não falaram mais no assunto. Mas eu sentia seus olhares culposos toda vez que me viam descendo até lá. Às vezes eu lia para a criatura, ficava horas lá embaixo, lia histórias de fadas, de meninas ou princesas que também estavam presas ou abúlicas ou condenadas, depois subia e eles só me perguntavam se eu não estava com fome, se não tinha sono, se já tinha feito o dever de casa. E me pediam a chave e desciam ao porão enquanto eu ficava no meu quarto, fingindo que dormia ou que fazia o dever de casa, mas ouvia os golpes secos ou os choros pungentes da criatura, fazendo de conta que não os ouvia.

Talvez tenha sido por isso que a pungência do sonho me fez acreditar que esse era o dia definitivo, a dissolução do nó que nasceu comigo. E que, se eu fosse na casa dos meus pais e descesse ao porão, a criatura teria desaparecido, ou pelo menos estaria morta, e eu não teria mais o nó na garganta. O sonho tinha a pungência do choro da criatura, mas não tinha nada a ver com a criatura. Eu pensei que era o momento da dissolução porque, no ataque súbito de uma fé até então inexistente, pedi a resposta, pedi que me explicassem o porquê da criatura, de onde ela vinha, de onde vinha o nó, de onde vinha a dor que já não doía, de onde o nojo e a vergonha e até a compaixão que a criatura me fazia sentir em algum lugar de mim que eu desprezava mais do que a própria criatura. Aquela história de que conhecendo a raiz dos problemas a gente consegue resolvê-los. Eu me agarrei a essa história como à última tábua após a consumação do naufrágio, depois de ter escrito alguns fragmentos e passado o resto do dia na frente do computador, mas olhando para o vazio através da janela, sem poder me mexer, sem poder chorar nem comer nem gritar. O único movimento que consegui fazer naquele dia foi me deitar cedo e pedir, pedir a origem.

Primeiro sonhei com um lagarto que subia por uma coluna de madeira, parecia uma casa colonial, mas eu só via a coluna e o lagarto que crescia à medida que trepava a coluna. Quanto mais para cima, maior o lagarto e mais colorido. Ao chegar no ponto mais alto, o lagarto me olhava e eu via que tinha uma mancha lilás ao redor do olho. Depois vieram a pungência e a luminosidade, mas foi a pungência que me acordou. Não sei o que acontecia no sonho, sei que antes da pungência eu estava dormindo, dentro do sonho, e alguém me acordava dizendo que tínhamos ficado sem carona para voltar, eu me assustava, mas imediatamente descobria que estava dentro de um sonho e me relaxava e voltava a dormir. Então veio a pungência e só agora que escrevo vejo a agulha, havia uma agulha daquelas de fazer crochê e havia a pungência e havia um gato entre as plantas da casa da minha avó que morreu quando eu e a criatura tínhamos um ano. Era um filhotinho, branco com preto, e no sonho estava entre as plantas do terraço, muito pequeno, quase não dava para vê-lo, mas ele me olhava entre o verde e tinha muita vida, estava entre uma planta de zimbro e um maracujá que trepava a parede, e ele tinha muita vida, eu via o gatinho e sentia a agulha, que se confundia com o aroma pungente do zimbro ou do alecrim. Acho que era zimbro. Não sentia a agulha me ferindo ou alguma coisa do tipo, eu sentia a agulha como quem sente a presença de alguém dentro do quarto, como quem sente a temperatura de uma pessoa que entra, mas no caso de uma agulha que entra na cena mental, porque a agulha não estava lá, nem sei se minha avó fazia crochê ou de onde veio aquela agulha, só sei que ela me transmitia a pungência que também era do cheiro e contrastava com a luminosidade e a vida do terraço, do verde das plantas e do filhotinho que me olhava sempre a ponto de pular. Ele não pulava, mas eu sabia que a qualquer momento iria pular, com um pulo desastrado de filhotinho, e eu ia me comover e ia querer abraçá-lo. Então eu acordei com a pungência, a luminosidade e a vontade de abraçar o filhote. A agulha só apareceu agora. Eu acordei e por um segundo compreendi a resposta, a origem, com uma compreensão que não poderia materializar por escrito, muito menos falando, mas eu soube e achei que esse era o início da dissolução, que não precisava articular, apenas apreender dentro de mim e carregar comigo a certeza da raiz, a resposta que iria definitivamente desatar o nó, com mais um pouco de paciência, mas já com a certeza do bom resultado.

Nesse dia me levantei e, talvez por autossugestão, enquanto tomava banho e lembrava do filhote e do carinho que o seu pulo inexistente antecipava, que não se diluía na água do chuveiro, mas parecia querer me habitar por tempo indeterminado, eu senti que o toco na garganta estava menos denso, menos pesado, como se eu tivesse chorado a noite inteira. Isso me encorajou ainda mais, me fez tomar a decisão de ir na casa dos meus pais, visitá-los (afinal, fazia meses que não os visitava), sentar na sala e receber a banana e o copo de leite da minha mãe, olhar para a chave pendurada na parede ao lado da cozinha, sentir a culpa do meu pai que desviou os olhos quando os meus pularam entre os dele e a chave, sentir que os meus olhos ganhavam peso novamente no contato com o jornal que meu pai fingia ler, sentir que o peso se escorregava como mel pelas minhas bochechas e lambuzava meu pescoço e meu peito, ir ao banheiro para perder a respiração com liberdade, em segredo, pegar a chave do porão na volta e descer sem dizer nada, acompanhada pelo silêncio da sala, eles dois petrificados, como parte da mobília, cobertos de pó. Abrir a porta do porão, receber a luz serena da janela na testa, olhar para a jaula e descobrir a criatura perto do cadeado, as mãos agarradas às grades, os olhos ansiosos, pressentindo que era eu pelo ritmo dos passos, pelo jeito de abrir a porta, pela reação tranquila do seu próprio corpo. Descer os degraus da escada em caracol, me aproximar da jaula, mas mantendo uma distância segura. Olhar para a criatura de perto, deixar que imitasse o movimento da minha cabeça, talvez por reflexo, talvez para me perturbar, notar que agora tem uns pelos brancos, sentir o cheiro mofado do cobertor e reparar que sempre fora uma manta de crochê.

Bruta flor

Olho minha irmã mais velha que abre a porta do carro e nós duas olhamos por segundos que parecem horas a cabeça do pai, flor aberta e aberta e aberta e aberta e jorros de sangue que correm pela cara e pelo pescoço e pedaços de carne, pólen espalhado pela camisa azul que é a preferida do pai e pela calça jeans e pela calçada e na calçada há pernas de homens vestidos de preto que usam botas e balaclavas e alguém, talvez um dos homens armados, teve a gentileza de trazer um balde com gelo para que o pai apoiasse a cabeça enquanto eles terminam o serviço e minha irmã mais velha me explica bem baixinho com a voz contida e fingidamente calma que está tudo bem, que o pai vai ficar bem, que esses senhores já estão indo, que a gente só precisa sair do carro. Eu coloco os dois braços em torno do pescoço da minha irmã e abraço a sua cintura com as pernas e me deixo levar por ela e saímos do carro com cuidado, com muito cuidado, sem olhar para os homens. Eu tento olhar para os homens, mas minha irmã me cobre os olhos com a mão e repete eles já vão embora, fica tranquila, e ficamos quietas ao lado do pai de cabeça aberta no gelo, como uma flor de páramo.

Un dos tres por mí

Ela não se lembra dos dias da guerra. Ela se lembra dos tiros e dos vizinhos que foram morrendo e das ruas que o irmão não devia cruzar, mas dos dias da guerra ela não se lembra. Ela se lembra do irmão, um pouco, sim, e do tempo em que chegaram a ser amigos, ela e o irmão, do dia em que o irmão resolveu cruzar a rua, aquela dali. *Ya vuelvo, no le diga a mi mamá.* Ela não se lembra dos dias da guerra. Ela se lembra dos tremores, de não saber se eram de bombas ou de terra, se lembra das evacuações, dos simulacros, de não saber qual dos carros iria explodir, mas dos dias da guerra ela não se lembra. Ela se lembra dos vidros quebrados, do pedaço de vidro que enterrou no joelho brincando de pique esconde. *Un dos tres por mí.* Ela não se lembra dos dias da guerra. Ela se lembra da colega que era filha de militar, dos olhos da colega, ela se lembra de que eram os olhos mais tristes da escola, mas dos dias da guerra ela não se lembra. Ela se lembra do dia em que a filha do militar não entrou no ônibus, *en la casa había un arma*, cochichavam nos corredores, ela se lembra do silêncio nos corredores, mas dos dias da guerra ela não se lembra. Naquela manhã tiveram aula de história.

Pedras lisas

Estou no banco de trás do carro, em meio às minhas irmãs mais velhas. Meu pai está no banco do motorista e minha mãe no do passageiro. O carro está estacionado na frente da garagem do nosso prédio, mas não temos a intenção de entrar. O ar está quieto. Tudo está tão quieto e firme como as pedras que compõem a fachada do edifício. São pedras redondas e lisas, como as do rio que murmura do outro lado da rua. É noite e faz tempo que não chove. As luzes dos poucos carros que passam projetam nossas sombras, que se expandem e comprimem a sessenta quilômetros por hora. Elas se entrecruzam e formam novas figuras na porta da garagem. De novo o silêncio. Restam algumas figuras, mas agora não são sombras, não se projetam na porta, estão na nossa frente, estão em volta, estão apontando para nós. Demoro a entender que são pessoas reais, homens reais e armados. As roupas são escuras, a noite é escura, os rostos estão ocultos. Um, dois, três, quatro homens armados. Bem na nossa frente. O ar quieto.

El mundo de los niños

Um homem ronda a porta do meu quarto na casa da minha mãe. É alto, barbudo e tem o cabelo preso à altura da nuca. Sinto seu olhar atento, à espera de alguma coisa. Parece vigiar o quarto, está me protegendo de uma ameaça. Eu estou deitada na cama, olhando o escuro, sentindo a presença estranha e serena de um homem que parece bom, mas me assusta. À atividade de olhar o escuro agora se soma a de acumular desejo pelo cabelo, pela barba, pelo olhar tranquilo, pela altura do corpo, pela firmeza pacífica dos passos. Eu nunca vi esse homem, só percebo alguns traços gerais esboçados pela sombra, mas sua imagem já se instalou na minha mente. Sei que seu abraço teria um efeito pacificador. Levanto da cama e ando em direção à porta, mas, ao passar pelo armário, este se abre e um estrondo alaga todo o espaço. Da prateleira mais alta, por alguns instantes, caem objetos conhecidos e por muito tempo esquecidos. Surgem mais tralhas do que poderiam caber no móvel. Uns patins, uma boneca seminua, um tomo de *El mundo de los niños*, uma escova de dente pequena e arrepiada, uma cesta cheia de cartas, um sutiã branco, meias de ginástica, uns tênis gastos, um vaso de vidro azul, flores secas, um travesseiro, canetas, lápis sem ponta, borracha suja, o *Manifiesto comunista*, um maiô, uma garrafa térmica, folhas soltas com lições de matemática e geografia europeia, tampinhas de garrafa de Coca-Cola, garrafinhas de coleção de Coca-Cola, um pijama rosa, um bloco de madeira, uma barata morta, um cachimbo, óculos vermelhos, muito pó, uns brincos, duas pulseiras de plástico e uma boia murcha.

Palestina

Sou os olhos pretos, grandes e redondos de um menino que vende tomates no bazar. Não me perturba a confusão da rua: os adultos exaltados, a música excessivamente alta, os latidos estridentes, o cântico do minarete. Vejo tudo com uma paciência de velho habituado às moléstias da vida. Sou os olhos de um menino e minha visão se integra com o ar. O vermelho dos tomates é tão intenso quanto o negro das minhas pupilas. Eu sou um portal às entranhas dos antepassados do menino, mas eu não me deixo engolir. Eu sou a luz derramada nas paredes de um abismo. A superfície curva dos tomates acompanha o sulco das pálpebras sobre mim. Sou os olhos de um menino que vende tomates grandes, vermelhos, suculentos no bazar.

Raiz

Se olhada de perto, a pele do menino não é muito diferente da casca de uma árvore. É estriada e fosca, e seria totalmente preta não fossem as marcas do sol. Se entrarmos pelos poros em direção ao osso, teremos o obstáculo de pequenos, mas resistentes nós. Todo o corpo do menino é interrompido por esses nós, ora pequenos, ora medianos, mas nunca maiores do que um botão de flor. Com curtas demonstrações de afeto, as mãos calejadas de um avô conseguem desfazê-los. Hoje ele passa a mão esquerda pelas costas do neto enquanto lhe entrega o martelo que deve levar até a casa do vizinho. Se entrarmos pelos poros em direção ao osso, veremos como este breve carinho consegue desabrochar três pequenos nós que se alojavam entre a omoplata direita e a coluna vertebral do menino, cuja pele não é muito diferente da casca de uma árvore.

Tartaruga

Eu não me lembro do meu avô, mas me lembro das tartarugas. Éramos grandes amigos, eu, meu avô e as tartarugas, mas eu só me lembro das tartarugas. As tartarugas velhas, as peles das tartarugas, as carapaças das tartarugas, o tamanho das tartarugas, as cabeças das tartarugas, as tartarugas andando pela grama, a grama por onde andavam as tartarugas, as tartarugas andando na minha mão, o quintal das tartarugas, a cor das tartarugas, os olhos das tartarugas, a sensação das tartarugas, a paciência das tartarugas, a expectativa das tartarugas, a alface das tartarugas. Eu vejo as tartarugas de todos os jeitos, vejo a barriga delas, vejo a cauda delas, as vejo escondidas dentro das carapaças, ou saindo das carapaças, as vejo quietas num canto, as vejo juntas, as vejo separadas, as vejo perto, as vejo longe, as vejo andando, as ouço respirando, sinto o cheiro das tartarugas, que é um cheiro de terra molhada, é um cheiro de avô apagado, é um cheiro de cidade quente, um cheiro de vida que ainda não foi vivida, nem seca, nem extraviada, nem volta a encontrar, nem volta a molhar, uma vida que ainda não esqueceu o que não é para esquecer, que ainda nem fez questão de lembrar. Eu não me lembro do meu avô, mas me lembro das tartarugas. E acontece que meu avô tinha olhos de tartaruga, rugas de tartaruga e jeito de tartaruga. Meu avô é uma tartaruga que se escondeu para sempre dentro da carapaça.

Alguém na Terra está à nossa espera

Pois não somos tocados por um sopro do ar
que foi respirado por nossos antepassados?
WALTER BENJAMIN

Quando cheguei em casa, minha avó estava me esperando à mesa de jantar fumando um cigarro, como todos os dias. Curioso isso de esperar alguém sem saber
de quem se trata, apenas reconhecer o rosto quando
entra pela porta, mas sem conseguir associá-lo a nenhum nome ou ramo da árvore familiar. Todo dia. Oi,
filha. Oi, vó, tudo bem? E ela fica me olhando por uns
instantes, tentando adivinhar, acho que com vergonha
de perguntar. Sou Beatriz, vó, a filha de Estela. É me-
eeesmo, a filha de Estela! Depois fica mais um tempo
cavoucando nos meus olhos, como se fosse encontrá-
-la ali dentro. Que horas ela vem da passeata, filha?
Mais tarde, vó, mais tarde ela vem. Todo dia. Quando
terminou o cigarro, ela se levantou da cadeira, se agachou e abriu a última gaveta da cômoda para tirar a
bandeja ovalada de prata. Eu a olhava com o canto
do olho enquanto tirava um livro da mochila. Vamos,
filha. E se foi para a cozinha com a bandeja na mão,
fazendo um barulhinho oco com os saltos.

Deixei o livro no sofá, fui atrás dela e acompa-
nhei todos os movimentos. Todo dia, exatamente os
mesmos. Estava impecável, o cabelo prateado como
um globo lunar, com algumas ondulações discretas.
As unhas longas, fortes, pintadas de vermelho, como

a boca. Apenas um pouco de sombra sobre os olhos e blush nas maçãs do rosto. As mãos ossudas como as minhas, as veias salientes como as minhas. A pinta com relevo na nuca, exatamente onde eu tenho uma e onde, segundo meu pai, Estela também tinha. Um vestido de listras verdes, azuis e brancas. Abriu a sacola do pão e tirou algumas fatias. Depois tirou o presunto e o queijo da geladeira e os reservou. Sem hesitar, abriu a segunda gaveta do armário, pegou a faca de cortar pão e a tábua de picar. Colocou as fatias em grupos de dois e as cortou em pequenos retângulos perfeitos, todos do mesmo tamanho. Quando terminou com o pão, fez o mesmo com o presunto e o queijo, todos os retângulos perfeitos, do mesmo tamanho. Depois começou a armar a figura de dentro para fora: um pequeno retângulo de pão coberto por um pequeno retângulo de presunto coberto por um pequeno retângulo de queijo, posicionado no centro da bandeja, o primeiro gesto do ritual diário. Colocou um a um, com paciência artesanal, tomando cuidado para que a disposição concêntrica dos petiscos não ficasse torta, para que os retângulos fossem exatos e não restassem migalhas de pão espalhadas pela bandeja. Quando terminou, abriu a quarta gaveta do armário, tirou a toalha de crochê e a entregou para mim, como todos os dias. María acompanhava os nossos movimentos sem nos olhar. Estava sentada num banquinho ao lado do fogão, de avental branco, pano na mão e uma dúzia de objetos de bronze aos pés: era o dia de brilhar as peças, como minha avó tinha anotado no calendário escrito à mão que estava afixado à porta da geladeira. Entre os objetos estava a moldura do retrato do general Domingo Salvador, meu bisavô, usando o uniforme da milícia liberal. Fiquei olhando para ele. Vai, filha.

Eu fui, levantei o centro de mesa, o coloquei em cima da cômoda e vesti a mesa com a toalha. Ela me seguia com o olhar atento e tranquilo, examinando meus movimentos. Quando terminei, ela ajustou uma das pontas da toalha, que estava ligeiramente mais curta do que o resto, e colocou a bandeja com a mandala de petiscos no centro. Tirou dois guardanapos de tecido da primeira gaveta da cômoda e ajeitou um de cada lado da mesa. Eu me sentei num dos lados e esperei, enquanto ela ia no quarto procurar seu baralho. Quando voltou, ela se sentou à minha frente, colocou o baralho ao lado do guardanapo e fez um aceno, para me indicar que já podia comer. Depois olhou para o relógio de parede. Filha, e a Estela?

Comemos os petiscos em silêncio, como todos os dias. Ela olhava para o relógio e depois me olhava com aquela vivacidade sem matéria e a pergunta sobre a Estela ameaçando emergir de novo a qualquer hora. Seus olhos eram ônix empoeirados. Filha, sabia que o doutor Barragán já voltou do Panamá? Dia desses ele veio nos visitar. Às vezes eu respondia que não, e a fazia contar que ele tinha voltado e tinha trazido um rum para o avô e um leque para ela — aquele atesourado na gaveta da penteadeira que, mais do que uma penteadeira, era um altar. Às vezes eu fazia mais perguntas, para ver se escapulia alguma informação, se mencionava a Estela quando era criança, meu avô, ou bisavô, se lembrava algum dado novo sobre o doutor Barragán, ou sobre ela mesma, quando era a pessoa daquela vida à qual se agarrava com todo o corpo que ainda lhe restava. Mas desta vez aquilo me pareceu um jogo cruel. Eu disse que sim com a cabeça e olhei para as cartas.

Como se lesse nosso pensamento, María entrou, pegou a bandeja vazia e voltou para a cozinha sem dizer nada. Minha avó acendeu um cigarro, deu uma tragada funda, o colocou no cinzeiro, pegou as cartas, jogou a fumaça em minha direção e começou a embaralhar, me olhando com outros olhos. Esses só apareciam quando pegava as cartas. Ela me pediu para dividir o baralho em quatro grupos, depois uniu os montes e organizou uma parte em três colunas de quatro cartas. Olhou o jogo por uns segundos e depois tocou nas duas cartas do meio com a unha vermelha do indicador esquerdo, o direito já estava ocupado de novo com o cigarro. Está com saudade de quem, filha? Desta vez fui eu quem olhou para o relógio da parede. De ninguém, respondi seca. E voltei a olhar para ela. Ela soltou a fumaça do cigarro para o lado. A única coisa que pode trazer ela de volta é o tempo, filha, e ela pode vir da forma que você menos imagina. Apontou para a carta das árvores, que estava logo depois do navio e antes da cegonha. Você tem jeito pro estudo, mas vive muito isolada. Apontou para a carta dos livros.

É o que eu sempre falo para ela. María entrou com uma caixa de bolachas que colocou em cima da mesa antes de voltar para a cozinha. Olhei o relógio de novo. Desta vez notei algo que não tinha visto antes, como se houvesse um inseto na parede, logo embaixo das seis. Fiquei olhando o inseto enquanto minha avó insistia: você está muito nova, filha, tem que sair. Eu seguia olhando para a parede. Está me ouvindo? Sim, vó, vou sair mais, respondi sem tirar os olhos da parede. María entrou de novo com duas xícaras de café e o açucareiro. Enquanto María nos servia, minha avó apanhou as cartas e eu me levantei da mesa, para ver de perto o que tinha na parede. Era uma rachadura. Levantei o relógio e vi que nascia do prego que o segurava na parede e se estendia na direção do chão. Logo embaixo das seis tinha ficado mais pronunciada e depois seguia quase imperceptível, numa linha irregular, até tocar no rodapé. Virei a cabeça para trás, María estava pondo açúcar numa das xícaras e minha avó me encarava com olhos extraviados.

E a Estela? Que horas ela vem, filha?

Rípio

Entra no apartamento e larga o casaco e a bolsa no sofá bege. Com o olhar fixo de um animal faminto, percorre os cinquenta metros quadrados para onde se mudou três meses atrás. Passa os olhos pela superfície do balcão de madeira clara da cozinha, pela superfície da mesinha de azulejo da sala, pela superfície da escrivaninha de madeira escura que está contra a janela do quarto que, por sua vez, dá para três seringueiras velhas de folhas amplas, lisas e grossas. Abre o guarda-roupa e crava os olhos na prateleira das bugigangas, onde localiza um isqueiro de plástico vermelho. Pega o isqueiro com todos os dedos, de forma que ele fica totalmente coberto pela mão. Fecha o guarda-roupa e abre a gaveta pequena da escrivaninha. Com o isqueiro ainda na mão, revira os boletos de luz e água até encontrar uma caixa pequena de papelão preto com aspecto de embalagem de bijuteria. Abre a caixa e tateia com os dedos a quantidade de erva que ainda resta, tirando as sementes. Aperta a mandíbula, fecha a gaveta e deixa a caixinha e o isqueiro na mesa para terminar o percorrido pelas superfícies. Vai até o banheiro e passa o olhar pela prateleira acima do vaso. Ali encontra o último baseado que resta, fumado quase até o filtro, mas com quantidade suficiente por enquanto. Volta ao quarto com ele entre os dedos do meio e o indicador, e o acende com uma chama alta demais que quase lhe queima os lábios e a ponta do nariz. Sempre se esquece de ajustar a chama. Fuma o baseado ali mesmo, de pé na frente da janela sem cortinas. Uma faixa de luz alaranjada ilumina seu rosto e projeta um retângulo inclinado na parede branca que tem às suas costas. O baseado acaba em uma tragada e meia, mas ela segue fumando até consumir o filtro improvisado com pedaços de cartolina. Quando queima as pontas dos dedos indicador e polegar, tenta apagar a pontinha de filtro que ainda lhe resta no caixilho da janela, mas a seda se desmancha e se unifica com os outros restos de baseados que coleciona no caixilho. Sempre percebe e sempre se esquece de limpar os restos. Vai até o sofá e abre a bolsa em busca do celular. O apanha, volta ao quarto e se joga na cama. Olha para a tela, nenhuma mensagem.

Nesse horário a cidade está agitada. A rua do seu prédio é uma via alternativa num bairro residencial onde coexistem alguns prédios de tijolo construídos nos anos oitenta e casarões antigos cobertos por trepadeiras, com telhas de cerâmica e jardins. A cidade está agitada, as pessoas querem voltar para casa, caminham rápido para alcançar o ônibus antes que volte a chover, dirigem rápido para fugir do engarrafamento que se formará mais tarde, ela caminha rápido porque precisa chegar no Centro antes que fique escuro. Ela caminha rápido porque assim se sente um corpo, as pernas se aquecem e o ar frio da montanha mesclado com fumaça de diesel queimado toca no seu rosto e faz com que ela se sinta um corpo. Já chegou ao canal, decide seguir pela ciclovia, embaixo das árvores, em direção ao morro. Às vezes encosta na calçada para que os ciclistas passem e eles a olham com severidade, talvez porque estivessem concentrados e sua presença os assusta, como assustaria um animal morto no meio da avenida, talvez porque as balaclavas e a altura das bicicletas lhes dão um ar de autoridade dissidente. Ela caminha rápido porque quer olhar o máximo possível com esses olhos, quer dilatar a experiência que já se esgota, que começou a se esgotar na última aspirada incompleta. Sobre o Parque de los Periodistas sempre paira uma nuvem invisível de humanidade decomposta. Há cachorros brincando no meio do lixo, há pessoas dormindo na grama gelada, cobertas por papelão e papel de jornal, há bêbados velhos demais para parecerem o Che Guevara, há muita merda humana nas esquinas, há calouros que passam espalhando um cheiro de mochila plástica, há um artesão sentado numa esquina da praça que olha no olho dela e entende o recado. Ela paga dez mil pesos por dois baseados que ele tira de uma sacola plástica que estava escondida embaixo de uma pedra. Ele lhe entrega os baseados enquanto olha para cima e faz algum comentário sobre as câmeras de segurança que de alguma forma justificam a inflação.

Ela entra no apartamento, acende as luzes e vai direto para a escrivaninha. Abre a gaveta pequena e revira os boletos de luz e água até encontrar uma caixa pequena de papelão preto com aspecto de embalagem de bijuteria. Tira os baseados do bolso do casaco e os desfaz, cuidando para não rasgar as sedas. Mistura toda a erva na caixinha e divide ao meio uma das sedas do artesão. Sempre se esquece de comprar. Enrola um baseado muito pequeno com a metade da seda e um pouco da erva misturada. Se concentra muito para não desfazer o baseado no momento de fechá-

-lo com a língua. Enquanto o deixa secando em cima da caixinha que está em cima da escrivaninha, olha para a tela do celular, que tinha deixado na cama. Nenhuma mensagem. O baseado ainda está molhado. A noite está úmida, tinha começado a chuviscar na metade do caminho de volta. Decide secar o baseado com a chama do isqueiro, também tinha deixado ele em cima da escrivaninha. Acende o isqueiro e sai uma chama alta demais que neste caso é útil para secar o baseado, só tem que fazê-lo atravessar a chama com rapidez, cuidando para não queimar a seda. A barriga do baseado começa a se abrir. Ela volta a fechá-la com a língua e a passá-la pela chama. O baseado doura um pouco por fora, as rugas do papel se petrificam, mas ele não se queima nem se abre. Ela o acende com a chama grande demais, mas consegue ajustá-la antes de se queimar. Fuma o baseado ali mesmo, de pé na frente da janela sem cortinas. O trânsito agora está menos denso, mas o barulho da passagem dos carros chega constante ao quarto andar. O baseado se esgota na quarta aspirada, desta vez não tem filtro e os dedos começam a se queimar. Ela tenta apagá-lo no caixilho da janela, mas a seda se desmancha e se unifica com os outros que coleciona no caixilho. Sempre percebe e sempre se esquece de limpar os restos.

Liga o computador e se deita na cama com ele no colo. O seu rosto se ilumina de azul e branco. Os olhos vão ficando embaçados e ela se demora em perceber o silêncio que antecede os gritos esporádicos e o som de um alto-falante com música suave. Quando se dá conta da mudança, ela percebe que a atmosfera havia estado ali por um tempo e se levanta de um pulo para olhar pela janela. Uma caravana de ciclistas desliza rápido ocupando toda a rua, ela contempla a massa veloz que parece o prenúncio de outro tempo, uma utopia de metrópoles silenciosas. Esses são os heróis, um corpo humano coordenado que derrama vazio pelas ruas. Uma massa em movimento constante, enfeitada com luzes coloridas, campainhas e apitos de alerta. São tantos que chegam a parecer a corrente de um rio crescido depois da chuva. Ela não quer que acabe, sente vontade de se integrar no vazio, mergulhar na correnteza. Aos poucos eles vão se espalhando, alguém num patinete se esforça para alcançar o grupo, duas fileiras de carros vêm atrás dele. O rumor habitual volta a invadir o ar. Ela apanha o celular e olha para a tela, nenhuma mensagem.

Dois maiôs

Duas mulheres nadam em uma piscina olímpica, em raias adjacentes. O maiô de uma delas é marrom com laranja, o da outra é preto. Uma usa óculos, a outra não. A mulher de maiô preto e sem óculos usa uma touca preta. A outra usa uma touca azul. As duas entraram mais ou menos à mesma hora, faz onze e quinze minutos, respectivamente. Às vezes, quando alcançam um dos extremos da piscina, descansam um pouco com os antebraços e os cotovelos na borda e ficam olhando para a água ou para a parede. Sentem como o ar entra e sai do corpo, sentem a água morna que envolve as pernas, sentem as toucas apertando as orelhas e as testas, ouvem a respiração e as pernadas ou braçadas dos outros nadadores. Ajustam as toucas e os óculos e começam de novo, cada uma em seu tempo. As duas nadam em estilo livre. Às vezes se encontram no mesmo extremo e descansam lado a lado, com a cabeça olhando para baixo ou para frente, sem falar. Não se conhecem, nunca se viram na vida. E mesmo que estejam uma do lado da outra, agora mesmo, elas não se olham. Apenas sentem a respiração da outra, percebem a cor da touca da outra, sabem que a outra é uma mulher e que está nadando junto. Agora a nadadora de touca e maiô pretos submerge, toma impulso com as pernas na parede e solta o ar pelo nariz enquanto avança e sobe à superfície, o pensamento que tinha surgido em sua cabeça segundos antes agora desaparece. Agora ela é só braços, pernas, coração, água e ar. Oito segundos depois, a nadadora de maiô marrom com laranja a segue. O impulso de uma puxa a outra. Mas elas não se conhecem, nem se falaram, nem se olharam, nem mesmo de relance. Quando a nadadora de maiô marrom com laranja está por chegar do outro lado, cansada, decide relaxar e finalizar o trajeto embaixo da água. Ela faz isso, mergulha completamente e abre os olhos dentro dos óculos. Vê a imagem distorcida da parede, que não está muito longe. Avança mais um pouco e agora vê também a nadadora de maiô preto encostada à parede ao lado, vê as pernas longas, quietas, que terminam com os pés em ponta. Vê a linha do quadril, a cintura e o peito fazendo curvas perfeitas. Toca na parede, sobe e apoia os antebraços e os cotovelos na borda da piscina. A nadadora do maiô preto segue na mesma posição, com os pés em ponta. Elas não se olham, nem de relance. Olham para a água, ou para a parede, enquanto recuperam o fôlego e se aprontam para seguir.

Experiência de campo

Entramos e nos sentamos numa mesa comprida, na frente de um casal desconhecido. Meu espanto começou quando percebi que a confusão não dependia do barulho. Por um instante, o volume das conversas de todas as mesas diminuiu, como se os fregueses tivessem ensaiado a cena, e eu pude ouvir melhor os sons que o casal desconhecido emitia. Eram indecifráveis. Articulados e inextricáveis. Uma linguagem inédita, não estrangeira. Tentei falar, mas as palavras não existiam. Olhei para ele: não tentou falar, sabia que não adiantava. Olhava para o casal e depois para mim com certa compaixão, como se eu estivesse trancada em algum lugar e ele soubesse que não havia chave.

Pele

Uma mulher espera em uma rua escura e estreita. Há anos que ela espera, o cabelo já chega até os tornozelos. A finura do corpo e o rosto anguloso lhe dão um aspecto de caveira. O aspecto de alguém que morreu ali, esperando de pé, mas o cabelo continuou crescendo. No entanto, ela está viva e tem uma faca na mão. Mais do que ver a faca, você consegue deduzi-la. Ela tem o braço esquerdo esticado e muito colado ao tronco até o pulso, onde se separa um pouco e a mão assume uma postura rígida, com o punho fechado. A única iluminação da cena vem de algumas janelas dos edifícios adjacentes. São edifícios antigos, as fachadas estão sujas e alguns pedaços de parede parecem ter nojo de si mesmos. A mulher não, a mulher espera firme, certa como está de seu lugar no mundo. Mesmo que não queira, você tem que passar por ali, perto da mulher que espera com o que só pode ser uma faca na mão. Ela sente sua presença, mas não olha para você. Está de camisa branca de manga longa, saia cinza-escura até a metade das panturrilhas e sandálias pretas. O pedaço de pele que fica à vista é mais inquietante do que o cabelo, mais do que a postura ameaçadora do corpo, mais do que o objeto. Esse pedaço de pele revela outra dimensão, talvez evoque um passado distinto, antes daquela rua e daquela espera. Mesmo que você não queira, avança em direção à mulher: precisa chegar do outro lado. Você finge que não a vê e ela sabe que você finge. Não se mexe quando você passa por ela na calçada da frente, mas o olhar consegue atravessar o seu crânio. Você já está longe, talvez a salvo, quando escuta o grito: "olha a fera!".

Criatura

De dentro da jaula, a criatura olha para a pequena janela do porão, fechada e fosca. A janela olha de volta com um brilho sereno que tranquiliza a criatura, apesar da hierarquia imposta pela altura. Os pelos dos braços e das pernas ossudas da criatura se arrepiam embaixo da coberta mofada. Os pelos dos braços e das pernas ossudas, nuas, percebem o ruído antes que os ouvidos. Os pelos avisam os ouvidos e avisam os olhos, que pulam aflitos entre a janela estreita e fosca e a madeira da porta, passagem aos degraus da escada em caracol. Os dedos sebentos da criatura amassam as bordas de seda vinho do cobertor mofado. Amassam cada vez mais forte, a intensidade do aperto aumenta com o volume do ruído agora perceptível diretamente pelos ouvidos. O ruído se aproxima da porta de madeira e a destranca. A mão fria que segura o molho de chaves desliza pelo corrimão metálico da escada em caracol, fazendo um rangido que assusta a criatura a ponto de deixá-la catatônica num canto da jaula. A outra mão segura um copo de leite com um pedaço de pão de aveia em cima. As unhas das mãos são curtas e limpas. Os dedos são longos e grossos, as palmas calosas. Os olhos da criatura estão abertos, mas só conseguem ver o escuro de um pequeno universo.

Terceira margem

Como se fosse um animal em cativeiro, acabei de ser solta no meio de um campo. Minha primeira reação é correr. Um homem, que foi solto comigo, corre mais rápido, na minha frente. Chegamos à beira de um lago muito grande, cuja margem parece levar a uma floresta. Então meu corpo sente um magnetismo que vem do lado contrário e me afasta do lago, me leva como um carro invisível, muito rápido, sem me permitir nenhum controle, até uma ponte que atravessa um rio amplo. O magnetismo some e agora posso andar normalmente, por meus próprios meios e na minha velocidade. Há muitas pessoas sentadas na ponte e nas duas margens do rio, de olhos fechados ou olhando para o chão. Eu ando entre elas e me pergunto quem as guia, parecem sentadas ao acaso, sem uma ordem clara, mas realizando alguma prática conduzida. Um homem que está sentado na ponte ergue a cabeça e me vê aí, de pé, olhando tudo. Ele levanta e fica de pé na minha frente, então eu vejo nos seus olhos uma firmeza de céu claro. Sem falar, ele me dá as mais sinceras boas-vindas. Eu continuo olhando para as pessoas, tentando entender a ordem do esquema, então ele olha para um homem sentado em uma das margens. O homem está mesclado com os outros, não ocupa um lugar diferenciado, nem mais alto, nem central, nem numa ponta, simplesmente está ali, entre todos, mas eu percebo que aquela força vem dele, ainda posso senti-la, e foi essa sua energia que me puxou para a ponte. Por mais que eu o revele, e que ele perceba, o homem não se mexe nem se altera, continua em seu lugar, em silêncio, olhando para baixo. Então pela primeira vez eu escuto um som: mais na frente, no mesmo rio, um grupo de mulheres está lavando roupas. Uma delas ri às gargalhadas.

Biombo

É um lugar que eu já conheço, mas só me lembro dele quando estou aqui. É como se eu tivesse conhecido este lugar em outro momento da vida. Como uma lembrança apagada, talvez. Hoje eu vim e estou andando entre as paredes sujas e os becos que não sei se têm ou não têm saída. Para chegar aqui, tive que entrar por uma gruta. Andava perdida na estrada, sem sapatos, e peguei um desvio que me trouxe para cá. Eu queria voltar para casa, mas peguei o desvio, e a gruta tem uma espécie de gravidade que me faz querer entrar. Por mais que eu saiba que não é boa ideia, por mais que eu sinta bichos e texturas nojentas nas plantas dos pés, eu continuo entrando e chego nesta construção subterrânea de paredes sujas, de quartos que revisito e nos quais sinto uma espécie de conforto dolorido e um prazer vergonhoso que reconheço só no momento em que renasce, feito uma erva daninha: por mais que você corte, tire as raízes, ponha flores ou até cimento no lugar dela, ela nasce de novo e você sente um misto de ódio e desejo e familiaridade. Então continuo andando pelos corredores deste prédio que só pode ser subterrâneo, e por mais que tenha janelas, não tem luz, é um completo escuro e eu consigo ver quase tudo, mas não tem nenhum tipo de luz, nem elétrica, nem de vela, nada. De qualquer forma eu vejo e percorro cada canto, como se estivesse à procura de alguma coisa, mas não sei se quero saber o que eu poderia estar procurando num lugar como este. Entro num dos quartos. É o quarto que andava buscando.

Não tem janelas, tem três colchonetes no chão, apenas um deles coberto por um lençol, tem roupas e sapatos e latas e bitucas, entre outras coisas que não quero reconhecer. E tem uma espécie de biombo ainda, dentro do quarto que já é pequeno. O biombo está cobrindo um dos cantos e eu não quero ver o que há naquele canto, mas dou um ou dois passos na direção do biombo e eles resolvem sair. Dois jovens e uma mulher envelhecida. Os dois jovens devem ter doze e dezesseis anos, eu calculo, e um deles, o mais velho, tem um boné branco. O outro tem uma camisa branca de manga comprida. Os dois são morenos e têm o olhar esquivo. A mulher, também morena e muito baixa, tem o cabelo liso quase até a cintura. Os jovens não fazem nenhum movimento nem gesto ameaçador, mas eu sinto uma intenção oculta no olhar dela, um olhar persistente e carregado, prestes a alguma coisa. Eu me aproximo e os três recuam, até se refugiarem de novo atrás do biombo.

Vicachá

lua à vista
brilhavas assim
sobre auschwitz?
Paulo Leminski

Eles testemunharam tudo e estão ali, mudos, como um avô que já ninguém vê nem visita. Acima deles, os esmeraldeiros, com suas jaquetas de couro preto, os cabelos penteados com brilhantina e os bigodes retos, sussurram segredos que ficam entre eles e os porões. Os olhos dos esmeraldeiros compensam a imobilidade do resto do corpo aparafusado no chão, com o peso tendendo para um lado. Eles e seus olhos formam uma bolha preta com pitadas ocultas de verde, uma das mãos sempre fechada à altura da cintura. Os olhos dos esmeraldeiros conseguem ver sem ser vistos, como os porões, o seu olhar é cinzel. Entre dois morros imponentes, pano de fundo da cena, desce um rio que os primeiros moradores chamaram de Vicachá, o resplendor da noite, e de cujo socavão os porões surgiram. Eles albergaram bares com orquestras ao vivo, cafés amplos, sinucas, banhos turcos, restaurantes, boliches e uma estação do bonde, quando havia bonde. Depois veio o fogo que arrasou os arredores, mas em cima dos porões nada foi destruído. O teatro, o hotel, tudo ficou intacto, e os porões foram abandonados. A cidade continuou crescendo, sendo sitiada e saqueada. As paredes dos porões se estremeceram com o retumbar das bombas, enquanto viam, impotentes, as forças da ordem levando transeuntes que nunca mais voltavam. Havia outros porões, profundamente cruéis, realmente obscuros, que eles não conheciam. Após um longo luto, com ires e vires de um teatrinho de marionetes, escavadoras estáticas, emissões radiofônicas e muito silêncio, a arte veio animá-los com aulas de música e drama. Eles assistem e ecoam os passos tribais, cansados, de gente que dança e expurga seus medos de páramo. Alguns olham para os lados, outros continuam ausentes, esquivando novos perigos, perseguindo as ossadas de filhos perdidos. E a lua segue tocando o rio, o que resta do rio, em outro tempo, por muito tempo.

Lajes flutuantes

Quando acorda, é mais uma tensão, um gosto azedo entre a boca e o esôfago, do que uma lembrança nítida. Em algum momento do dia brotam imagens vagas, perfis, partes de corpos, há uma mulher de cabelo comprido que reaparece, um biombo dentro de um quartinho. Ela só sabe que se repete há anos: chega num lugar onde reconhece situações, desfechos pendentes e uma submissão culposa.

Essa manhã foi diferente, ela acordou sentindo um sossego profundo. O quarto estava escuro, entravam apenas alguns raios muito finos pela persiana e ela tinha a impressão de que os feixes concretavam o sentimento. Ficou quieta, olhando a luz, como se quisesse tirar alguma coisa dela, compreender o estado plácido da matéria. Ela, que vivia em seu próprio corpo como num quarto desconfortável, às vezes muito pequeno, às vezes amplo e com os móveis mal distribuídos, foi surpreendida pela calma, como uma visita que chega sem avisar e que, apesar das boas intenções, dá vontade de despachar de imediato. Ainda assim, alongou o tempo na cama para tentar reter a sensação ou pelo menos descobrir a origem. Sabia que fazia parte da atmosfera de um sonho, mas os únicos sinais eram a palavra "mundo" e um azul-marinho. Precisava puxar um dos fios para decifrá-lo.

Sem sucesso, se levantou da cama e foi direto na cozinha passar um café. Como sabia que o café iria diluindo o efeito do sonho, agora estava quase com saudade. O convidado podia ser muito raro, mas nunca iria substituir o prazer do primeiro gole de café no peito. Era domingo, ainda cedo, e pelas janelas do apartamento entravam, além da luz afônica, um ar gelado, feito de agulhas muito finas, e o silêncio sólido que emanam as metrópoles quando dormem. Enquanto a máquina filtrava o café, ela olhou pela janela que dava a um labirinto de telhados de barro. Tinha acabado de se mudar para o prédio, o único do bairro, fugindo da insegurança da Candelaria. Ainda que os jardins estivessem sempre podados e à noite algumas lâmpadas se acendessem, ela tinha a impressão de que ninguém vivia nas casas vizinhas. Nunca via gente sair nem entrar. As garagens, as portas e as janelas estavam sempre fechadas, as pessoas que circulavam pelo bairro pareciam sempre em trânsito. Não sabia onde se metiam os moradores.

O cheiro do café a trouxe de volta para a cozinha. Encheu a primeira xícara e começou a lavar os pratos da noite anterior. Quase sempre vinham com a água os retalhos daquele lugar. Às vezes sentia que era uma vida completa, com pessoas que repetiam gestos, espaços que seu corpo conhecia, e tanto apego como vontade de fugir. Além dos corredores escuros, das escadas que não levavam a nenhum lugar e dos caixilhos de janelas que davam a muros — esses sempre apareciam —, além dos vestígios da mulher que a perseguia ou a protegia de alguma ameaça — ela não sabia se o medo era causado pela mulher ou por alguém de quem a mulher a cuidava —, desta vez, enquanto lavava os pratos, viu a pequena fachada branca de uma casa antiga e, logo depois, uma laje quebrada. Conhecia as duas, não era a familiaridade vaga e desconexa dos outros elementos do sonho. Sabia que estavam no seu antigo bairro, na Candelaria. Aquela era uma laje que havia em vários lugares da cidade, uma que sempre se rachava. Pisar nela era se arriscar a molhar ou torcer o pé, com o tempo as placas quebradas se soltavam, deixando entrar a água da chuva, que se estagnava embaixo do cimento flutuante. A fachada era de uma casa abandonada que ficava no beco onde ela tinha ido algumas vezes com um amigo. Ele costumava deixar o carro estacionado naquela rua quando ia visitá-la. Além da fachada, no beco também havia esse tipo de laje.

Quase não restava nada da calma. Ela tentava não pensar na laje e na fachada, afinal, podia não significar nada, apenas o aparecimento de um resto da memória consciente no sonho, nada mais comum do que isso. Enquanto terminava o café, passou os olhos por alguns sites de notícias. Começou a ver um filme que a entediou. Pegou um livro e se sentou com ele no sofá da sala, mas a fachada e a laje tinham gravidade. Lembrou que algumas vezes, andando pelo Candelaria, sempre olhando para o chão para não pisar numa das lajes quebradas, viu baratas saindo das fendas. Outras vezes era grama que crescia entre elas e dava pequenas flores brancas. Isso a fazia pensar na cidade medieval subterrânea que tinha visto num documentário e nos corredores do sonho, com janelas que davam para mais corredores. A insistência das duas imagens se fez convite.

Colocou uma jaqueta, jeans, uns tênis e saiu do prédio. Era melhor não levar nada, ainda mais num domingo. A rota que escolheu era inusual. Poderia ter ido pela Séptima, que a levaria direto, mas isso significava andar pela ciclovia, entre famílias vibrantes com carrinhos de bebê e bichos de estimação, vendedores de fruta e esportistas que assobiavam para não atropelar pedestres. Não estava com ânimo para aquilo. Queria manter viva a atmosfera do sonho. Foi pela Caracas. Naquela rua só havia casas de penhor agora fechadas e smog — alheio a dias úteis, ele nunca se diluía— e alguns moradores de rua com ressaca, que procuravam restos de comida ou bitucas no chão. Naquela parte da cidade também havia lajes flutuantes. Ela não parava de olhá-las, como se também procurasse alguma coisa essencial para sua sobrevivência entre aquelas fendas. Não adiantava procurar a fachada naquele bairro. Ela sabia onde estava. Um pouco mais adiante viu um mariachi andando na mesma calçada, vindo em sua direção, sem chapéu, apenas carregando um estojo de violão. O mariachi a olhou como se ela fosse um animal extraviado. Então ela cruzou a avenida e, por impulso, desceu por uma rua secundária.

A rua desembocou numa pequena praça que ela não conhecia. Era uma região que alguma vez foi bairro de família tradicional e agora era um terreno abandonado, gradeado e com o lixo transbordando das lixeiras. Havia algumas pessoas encostadas na parte de fora da grade. Uma mulher grávida, agitada, que vestia apenas um sobretudo preto e botas de couro, veio com a intenção de lhe dizer alguma coisa, mas foi interrompida por um homem muito baixo que chegou pelo lado oposto. Nesse momento, ela reviveu um pedaço da experiência recorrente do sonho: o reconhecimento de um lugar apagado na memória, para onde ela retorna como quem paga uma dívida, e onde sempre se perde entre experiências confusas de mal-estar e prazer culposo. O homem lhe disse para dar uma volta em torno da praça. Segundo ele, era importante. Na força do hábito, ela obedeceu, contornou a praça se sentindo ameaçada pelo olhar das pessoas da grade e voltou à avenida em direção ao beco.

O beco fazia parte de um bairro antigo de classe trabalhadora que foi engolido pela construção das sedes de várias universidades privadas. Algumas quadras do bairro seguiam intactas, suspensas no tempo: os moradores se negaram a vender as casas. Ninguém saberia da existência do beco, emoldurado entre prédios inteligentes, não fosse pelo estacionamento atendido por um cadeirante que também vendia drogas aos estudantes. Ela anda devagar entre os prédios enormes, um segurança a segue com o olhar, algumas lajes estão soltas, outras apenas rachadas. Vira na esquina do beco. Não há ninguém por aí, então avança. A fachada branca está no final da quadra. Ela vai até a porta e tenta abri-la, mas está chaveada. As janelas também estão fechadas com cadeado. Olha em volta — o estacionamento está fechado, o segurança não a seguiu —, recua para ver melhor a janela do primeiro andar e acaba pisando numa laje solta. O peso do corpo levanta um dos pedaços e ela percebe que tem alguma coisa embaixo, a laje está solta, mas não tem tanta mobilidade quanto as outras. Levanta o pedaço e vê um trecho de degrau. Tira os outros pedaços de laje quebrada e descobre uma caixa de metal enferrujado no segundo e último degrau — a escadaria, se há alguma, está enterrada. A julgar pelo que resta da inscrição, parece ter sido uma caixa de bolachas. Tira a tampa da caixa e a coloca no chão enquanto encara o conteúdo: os olhos de uma pequena boneca nua, mas com o cabelo marrom liso, longo, brilhante, muito bem arrumado. Ao lado da boneca, um leque vermelho. Ela coloca a caixa no chão e abre o leque: tem um bordado de pequenas flores pretas interrompidas por fios dourados.

Teoria do abraço

São Caetano é o nome do morro que vejo da janela do apartamento. Não sei qual é a utilidade dessa informação, mas sei que você gostaria de saber e talvez acharia boba minha digressão sobre como Caetano é meu verdadeiro santo, ou um anjo, aquele que me salvou a vida, mas fingiria achar graça. São Caetano parece próximo, invadido por uma vila de casas brancas — outros chamariam de bairro nobre, porque um bairro é de invasão apenas quando é pobre. Pobre ou não, o morro está invadido. A proximidade é uma ilusão de ótica criada pela massa de árvores que parece cobrir a distância entre a janela e o morro, um tapete verde que engole a perspectiva. É verão em Porto Alegre. Nesta época do ano o sol entra no fim da tarde. A luz alaranjada cobre uma parede da sala. Eu estou a três ou quatro metros da janela, sentada à mesa. Daqui só consigo ver o morro, algumas copas de árvores e um pedaço do prédio do condomínio vizinho: uma fileira de pequenos quadrados idênticos em uma torre bege. Daqui não se enxerga o prédio abandonado que apodrece na frente do meu. É uma construção de menos andares, devem ser três. Não chegaram a pintar o prédio, a própria construção ficou inconclusa. Não sei se pretendia ser um estacionamento ou um edifício residencial. Não consigo olhar para o prédio. Está coberto por mofo, musgo, manchas de umidade, mato. No teto às vezes brotam umas flores lilás, mas também não consigo olhar para elas. O cimento é mais preto do que cinza. Não me dá medo, só me repele. Ao contrário das árvores ou do morro, não me serve como âncora. Pelo menos não de forma direta. Agora mesmo penso nele, reproduzo a imagem na memória. Vejo as janelas que dão a quartos sujos, escuros, com restos de roupa ou lixo, que de noite deveriam me parecer cenário de filme de terror porque podem ser moradas de espíritos, de animais, de ladrões. Nada disso. Nem mesmo a energia do lugar chega a me perturbar. Está estagnada, ensombrece o ambiente. Não é apenas a imagem decadente, é a densidade que emana, tudo aquilo que pode conter, mas eu não olho. Um dia cheguei a contorná-lo, mas sem olhar para dentro. Atrás, tem duas paineiras que nascem do mesmo tronco e num ponto se dividem até formar entidades separadas. Florescem no outono. As flores cor-de-rosa caem e contrastam com o cinza do bloco decomposto. Os espinhos das paineiras se camuflam no granito das paredes. As copas são mais altas do que o teto, e um dos gatos do condomínio sobe e passa horas dormindo na sombra da paineira, sobre o prédio abandonado. Às vezes ele se senta e olha para o meu prédio. Ou para o vazio. Parece pedir alguma coisa, mas não mia. Apenas olha.

Mal consigo ver o sofá por baixo das camadas de mim descascada em blusas, almofada, livros, folhas soltas, carregador, caixa vazia de absorventes, estojo, lápis de cor avulsos, fita, revista, mochila, boleto. Mal consigo ver o sofá, digo, mas, na verdade, mal consigo me ver por baixo das evidências daquelas tentativas de capturar aquilo que supostamente sou em algum tipo de recipiente, como um colecionador de insetos, cada um no seu potinho de vidro. Mal consigo ver o sofá, mal consigo me ver, mal consigo ver o edifício apodrecendo na minha frente, mas o morro eu vejo. O morro eu desejo. Não simboliza nada, apenas desejo o morro, desejo a concretude, a firmeza da rocha, o lugar fixo da pedra, a certeza de que vai ficar no mesmo lugar, sem importar as circunstâncias. Claro que simboliza algo, você diria e me olharia com aquele gesto que me irritou tantas vezes, aquele ver que quer ser visto, e se esconderia atrás de um sorrisinho cheio de sorna. Penso na frase que escutei esses dias: não existe nada mais parecido com uma casa em ruínas do que uma casa em construção. E eu vim parar na frente deste edifício podre que nunca desaba. Você escolheu vir para cá. Sim, eu sei. Será que em algum momento você vai parar de falar comigo? Eu escolhi vir para cá, escolhi desmantelar a casa, desmantelar o abraço, tendo essa construção suspensa como testemunha. Como se desmantela um abraço? A escolha da palavra é essa, pode ter certeza, eu me lembro daquilo que você me falou, aquilo das pontes que eu vivo queimando, eu me lembro. Acontece que você foi alfabetizado em português, você poderia achar que o português é a matéria-prima de cada fio do seu cabelo, de cada fibra do seu corpo. Eu fui alfabetizada em quê? Eu diria que fui alfabetizada em violência, mas você acharia isso cafona. Ou eu que acharia cafona e você me daria uma palestra sobre a violência intrínseca na formação da cultura e da linguagem, cultura e barbárie e invasão árabe na Península Ibérica e colonização e blábláblá. Você entende que conceitos não abraçam? Você percebe sua própria tentativa de ser soterrado pelas palavras? O que há por baixo? Porque há alguma coisa na base, no fundamento, ou no quarto de despejo, por mais que a ficção da linguagem seja tão poderosa que você acredite ser feito dela. Eu me lembro de mim quando ainda não sabia falar, você se lembra? Eu acredito nela, acima de tudo. Sim, como quem acredita em Deus ou em São Caetano. Acredito naquela que era antes de esquecer os balbucios. Vivo à procura dela.

Talvez desmantelar um abraço consista em recriá--lo para estudá-lo. Não há como desarmar um artefato sem conhecê-lo, sem identificar os encaixes, os tamanhos dos pregos, os pontos enferrujados. Nosso último abraço não foi o da despedida oficial, na casa do Centro. Não foi no dia da garça. Eu tinha um vestido curto e você estava se segurando para não tocar na minha coxa. Sabia que tocar na minha coxa era o início de tudo, o fim das palavras. É claro que me tocou na coxa e me deu um beijo que, mais do que beijo, era a invasão de uma língua estrangeira, e essa invasão acabou com tua mão entre minhas pernas. Mas o contato sempre é um perigo, o resultado é incerto, todo corpo é um campo minado. Naquela hora nada disso importava, tudo recomeçava sempre, e você achou a trincheira perfeita, abriu os botões do vestido e se demorou com a mão livre, com a boca, com a língua, a outra mão ainda entre minhas pernas. Eu me sentei em cima de você sem olhar, sem tocar, confiando na comunicação dos corpos, comecei a me balançar devagar, buscando o encaixe natural que sempre acontecia sem que eu conseguisse entender muito bem o mecanismo. Você estava calado, o olhar aberto, atento de uma forma primitiva. Era disso que eu gostava, você perdia a linguagem e por instantes eu tinha acesso a um núcleo. Meu quadril encontrou o caminho e não precisei das suas mãos para chegar naquele ponto onde raiva, prazer e esquecimento se encontram e gozar em cima de você mudo, ainda de olhos abertos, de boca aberta, as mãos ainda agarradas à minha bunda. Nossas respirações se sincronizaram e ficamos assim, ainda sem falar, você recebendo meu cansaço, teus braços se encontrando nas minhas costas, teu queixo sobre minha cabeça, meus braços esticados em cada lado do corpo do abraço, em sinal de rendição.

Para a existência do abraço, a rendição é necessária. Para desmantelar um abraço, primeiro, é necessário relembrar a rendição, reviver a entrega à terra do outro, relembrar como se sente essa entrega, sentir a respiração da terra, retomar essa respiração a qualquer hora, com ou sem a presença do outro, sentir a dureza morna da terra, a doçura da água do outro, o fogo e o ar saindo pela boca, pelo nariz do outro, pela própria boca e pelo próprio nariz. Para desmantelar o teu abraço, preciso subir o morro, olhar a cidade de longe, recobrar a perspectiva. Começo a subir, mas as pernas reclamam. Além da rendição e do desejo de quebrar a ilusão de ótica, preciso de algum combustível. Talvez tenha sido por isso que a música do Caetano me veio como um motor: onde queres descanso sou desejo, e onde sou só desejo queres não, e onde não queres nada, nada falta, e onde voas bem alta, eu sou o chão, e onde pisas o chão minha alma salta e ganha liberdade na amplidão... ah, bruta flor do querer.

Lá de cima, a invasão parece limpa, parece própria, parece digna. Pego um desvio da rua asfaltada, da rua articulada, daquela linguagem branca, das grades, das lajes, daquela gramática da higiene, e entro numa trilha que me leva para dentro do mato. Não tenho forças para seguir e me deito, entrego meu peso ao morro e olho para as copas das árvores, olho mais profundo, o céu parece perto, penso, o céu começa aqui, você me disse, tocando a ponta do nariz, um dia que estávamos deitados na grama. "O céu está em qualquer parte, inclusive no escuro embaixo da pele", a frase vem grudada na lembrança. Olho para ele com olhos novos, para o céu. É a primeira vez que vejo o azul, qualquer azul, este azul que me resguarda.

Cinco mil e duzentos metros

As cores da montanha têm o efeito desbotado de uma foto antiga. Diferentes tons de rosa, verde, marrom e ocre se organizam em faixas irregulares, tocadas por uma opacidade que parece brotar da própria terra, como se o vento tivesse brunido a superfície até atingir sua essência cromática. A mão de gelo que se aferra ao topo do pico vizinho é uma avalanche em pausa: algum deus bondoso quis evitar mortes inocentes. A escuridão da terra reforça a contundência do branco e em um primeiro momento vejo apenas a forma e o brilho do gelo, sem mediação de conceitos. Os passos que me levam ladeira acima e o esgotamento do ar são a única realidade palpável. Aos poucos, consigo harmonizar o ritmo da caminhada com o da respiração, até me sentir reduzida à mecânica do corpo. Sou a extrema concentração e o esforço. Não há névoa, não há luz. Há um corpo humano subtraído e a promessa de tocar o céu com a boca.

Apogeu

A fila avança por uma montanha desértica seguindo a rota de um antigo canal romano. Contornam precipícios. Equilibram seus passos na borda do canal. A água brilha. As cabeças ardem sob lenços, bonés e chapéus. Os beduínos, na planície que se divisa da montanha, são escassos pontos quietos. Suas tendas não passam de manchas distorcidas pelo excesso de luz. O preto das manchas é o único contraste com o ocre da terra. A fila caminha em direção a um monastério. Eles não sabem, porque ainda não o viram, mas do alto o monastério parece um acidente geográfico lavrado pelo tempo, seus passadiços internos como a consequência natural do silêncio secular dos monges. A fila é irregular, cada pessoa anda em seu próprio ritmo, com a potência particular dos aparatos respiratórios. O calor que emana do solo de pedra chega a derreter pedaços de solas de sapatos. Quase ninguém fala, apenas o guia, e parece nervoso: vai e volta várias vezes do início ao fim da fila. Às vezes para no meio, esperando a chegada dos mais lentos e lhes oferece água numa garrafa plástica. Uma vibração começa a surgir, mas não é claro se vem do chão, do ar ou de ambos. As pessoas se detêm e olham para trás, tentando adivinhar a proximidade de algum perigo, mas os olhos só alcançam a curva da montanha. A vibração aumenta, e um som distante vai crescendo até preencher todo o espaço e tocar os ouvidos em forma de balidos nítidos e estridentes. As pessoas se apoiam contra a parede de pedra e dão passagem ao rebanho, que devora o chão com braveza. Junto com ele, vem o pastor sobre um jumento. Ele é guia e segue o movimento por instinto. Os uivos do homem, os berros do jumento e os passos e balidos do rebanho formam uma onda confusa de tremores antagônicos que some em poucos segundos. Sob o sol ficam apenas a terra, a água e o vestígio dos corações agitados.

Oeste

O final do fim dos tempos está no horizonte. A gente aguarda o momento e a terra cede, mas a gente não luta, não é necessário. Eu imaginava o fim dos tempos como um fogo enorme ou um apagamento elétrico. O sol intermitente, a duplicação da lua, as estrelas dançando, a água devorando livros, os móveis flutuando. Mas não, um dia a terra começou a acariciar meus tornozelos e eu não resisti, a sensação era boa. Lá, no horizonte, de noite, vejo uma lagoa prateada, a cordilheira brilha, as estrelas surgem da água e se refletem no céu. Poderia jurar. Apenas eu as vejo. Tem gente que vê uma baleia na silhueta das montanhas. "Está vibrando", diz uma mulher. O homem ao lado dela não diz nada, parece que o que ele vê no horizonte faz com que ele esqueça que está enterrado até os joelhos. Seus olhos se nutrem. Quanto mais fundo a terra me leva, mais distante me sinto de mim. Minha cabeça parece um empréstimo sem sentido. Os pensamentos são vagalumes bonitos, mas irritantes. Isso era exatamente o que eu queria, que a terra me engolisse doce e sem cerimônia. Vou sentir falta da beleza do mundo.

Duermevela

É um pouco mais de meia-noite. Nesta hora, respiro o ar perfeito do vale. O ar perfeito do vale tem a temperatura certa e uma serenidade quase humana. As folhas das amendoeiras se acariciam e o som que produzem acaricia minha pele. Nada é mais profundo do que minha pele. O coração que palpita dentro do meu peito é feito do mesmo material da pele, fibras e músculos que se entrecruzam formando uma unidade de canais e cavidades. O meu sangue preenche os espaços vazios, cada canal e cada cavidade, e o coração sabe, à maneira dos corações, que ele precisa enviar o sangue para o corpo todo, para as veias todas, para as fibras todas, para os músculos todos, para os órgãos todos, para todos os vazios, com exceção do útero, que se enche de sangue ao saber da lua. O meu coração palpita para enviar o sangue, do ponto de vista da lua, mas do ponto de vista do coração, ele apenas sabe sua pulsação, como o ar sabe o vento que acaricia as folhas da amendoeira e acaba acariciando minha pele de uma forma tão prazerosa que meu coração se acelera e, quando eu menos penso, o latejo sutil passa a ser uma vibração que alcança o peito e o desborda. A vibração preenche as camadas externas da minha pele como um sangue invisível, e o coração, que agora gira, sai do meu corpo a uma velocidade inadequada para o protocolo da noite do vale. Mas ele não se importa, nem sabe se importar, ele viaja pelo quarto levado pelo impulso da sua própria força giratória e atravessa o vidro da janela e eu vejo o coração que se perde no céu deixando um vazio agradável no meu corpo e no corpo da noite do vale.

Planta

O chão morno e rugoso acalma minha pele e eu sinto vontade de abrir um pequeno buraco com o dedão do pé direito. Quando começo a cavar, o barulho de um motor me distrai e eu decido continuar explorando o território. As pedras pequenas me machucam, então fujo para o asfalto quente. Alguns passos depois vejo um cacto atrás do arame. Volto à terra nua e me aproximo aos poucos, como se não quisesse sobressaltar a planta. Chego mais perto, mas ainda mantendo a distância. O cacto tem um metro de altura e está coroado por uma flor roxa. Quando me aproximo mais um pouco, a flor se abre devagar. Outra flor roxa, exatamente igual à original, só que menor, surge do centro e se abre sem pudor, chegando a ser um pouco maior do que a primeira e deixando nascer dela uma próxima flor idêntica que cresce mais um pouco para dar origem a uma nova gêmea que continua o movimento incessante da linhagem. O ciclo perpétuo da flor me arrasta e sinto vontade de tocar nela, mas, quando avanço, do chão brotam farpas que me ferem como berros de tortura.

Testemunha

Uma canoa se equilibra avançando pelo braço de um manguezal sob o céu carregado de cinza. Troncos brancos emergem no meio do curso, como esqueletos expostos pela maré baixa, e obrigam os três tripulantes a remar com cautela, atentos a qualquer possível batida ou atolamento. O guia é um jovem negro, alto e musculoso, tem dreads até os ombros e veste uma bermuda de surfista. Ele vai de pé na popa dirigindo a orientação do bote com um remo maior que chega até o leito. Os outros dois tripulantes são uma mulher e um homem jovens, ele muito branco. Olham para as raízes que descem em queda livre do alto dos troncos. Algumas estão suspensas no ar, sem chegar a tocar na água. Olham para os labirintos formados pelos troncos e copas do mangue. Olham para a água que treme e se acalma rapidamente após a invasão do bote e dos remos. Ela está na frente, de sentinela, e tem os braços cansados. Deixa os remos a um lado e continua a olhar para a frente, para a água ainda imperturbada pelo passo da canoa. E é aí que acontece. Um lagarto médio, de pele verde-clara, luminosa, e crista por toda a extensão do corpo, cruza o esteiro correndo por cima da água, feito um pedestre que passa a avenida rápido antes que o sinal abra, sem olhar para os lados. A velocidade e o movimento helicoidal das patas traseiras lhe impedem de reagir ou acreditar na visão. Só a confirmação do guia, que abre um sorriso branco e largo quando ela se vira em busca de cúmplices, faz com que ela retenha aquilo como um fato. Então pega os remos de novo. As primeiras gotas já começam a cair.

Par

Uma mulher e um homem sentados um em frente ao outro sobre a grama que cobre a entrada de um sítio, uma casa no fundo, uma porteira na frente e algumas árvores altas ao redor. De longe poderiam parecer estátuas, têm as pernas dobradas e os pés se tocam apoiados no chão, formando uma fileira. Uma linha de quatro pés sobre a grama, dois pares de joelhos abraçados cada qual por um par de braços, duas colunas e duas cabeças retas, dois pares de olhos se olhando entre si, bastante concentrados. De perto poderia parecer que meditam, mas estão apenas na breve pausa de uma conversa, talvez pensando no que algum deles acabou de dizer. Mas se olharmos melhor, especificamente para os pés, veremos que eles não estão só enfileirados, eles permanecem estáticos, e as borrachas dos sapatos têm a mesma cor branca com partes sujas de terra e poeira. As partes laterais das solas, então, não estão apenas em contato, mas compartilham um mesmo tom, um mesmo material, uma mesma textura. As copas das árvores, lá no alto, deixam passar a luz em feixes finos, e o reflexo do sol se espalha generoso tocando os cabelos, os braços, as pernas, os pés e as laterais das solas. A luz não é muito forte, o dia não está quente, é um dia temperado de primavera, mas é como se a luz tivesse o poder de derreter a borracha das laterais das solas dos sapatos, porque elas parecem ter se fundido em uma alquimia improvável. E essa amálgama plástica das laterais das solas vai subindo de modo a engolir e modelar os pés, os quatro pés formam uma unidade feita da combinação das cores dos sapatos e das peles, que se curva e afunda e renasce em si própria, como uma escultura feita com várias argilas recicladas. Essa amálgama cresce também em direção ao chão e ganha raízes, e as raízes se enterram e se perdem de nossa vista, que se afasta de novo em sinal de respeito, porque eles estão quase retomando a conversação.

Efeito primata

João chegou no abrigo quando tinha cinco anos. Ele era mais velho que eu, mas eu era responsável por ele. Um dia o levei no postinho por causa de um furúnculo que não queria sarar. Na espera, eu me abanava com a pasta que continha a certidão de nascimento e mais alguns documentos. Ele olhava para o vazio com a boca aberta, talvez pensando em algo inatingível para ele mesmo. Eu sempre quis ter a capacidade de ler os pensamentos de João, principalmente quando ele ficava ausente. Ou talvez só tentasse recuperar um pouco do fôlego perdido na caminhada até o postinho. Mais de cinco quilômetros de chão, alguns pela estrada de terra e outros pela rua asfaltada, sem árvores e com caixas de som tocando pagode numa esquina, rock evangélico na outra, promoções na seguinte, um homem parado segurando o aviso de Você merece o inferno, e motos com o escapamento aberto passando a cada cinco minutos. Calor de verão na Baixada Fluminense. Minha coxa suada fazia contato com a cadeira de plástico da salinha de espera e eu antecipava a sensação desagradável de quando tivesse que levantar e descolar a pele da cadeira. Uma enfermeira me chamou, pediu a certidão, copiou alguns dados e me mandou esperar mais um pouco. Assim que me sentei, João começou a me olhar e a olhar para a pasta. O que foi, João? Ele baixou a cabeça e começou a mexer um dos pés. Não é nada, não. João, o que foi? Ele me olhou no olho. Você não percebeu, né? O quê? Ele olhou a pasta de novo, como se dentro houvesse uma bomba nuclear. Abri a pasta, olhei para a certidão de nascimento. Ele baixou a cabeça. Leia. Você se chama João dos Milagres, é isso? Ele sorriu. Eu acho bonito. Ele sorriu de novo, desta vez suspirando e balançando a cabeça. Eu fiquei olhando para ele, tentando entender. Leia bem. João dos Milagres Nascimento Nascimento. Isso. Olho no olho de novo. Leia o nome da minha mãe. Fabiane Aparecida Rodrigues Nascimento. Olhei para ele franzindo a testa. Cabeça baixa. Leia o nome do meu pai. Leandro Paiva Nascimento. Ele levantou a cabeça sem me olhar. Eu sou filho do meu avô... Entendeu? Entendi, mas você não precisa ter vergonha por causa disso. Claro que sim. A culpa não é sua. Ele levantou os ombros. O que será que eles vão me dar? O de sempre, antibiótico.

Na volta, perto do meio-dia, o calor do asfalto já atravessava as solas das sandálias. A nossa água tinha acabado, então paramos numa lanchonete para comprar mais. Deu vontade de comer pastel com caldo de cana, mas não podíamos gastar tanto dinheiro e as crianças já deviam ter chegado da escola. Precisávamos voltar rápido. João me esperou fora da lanchonete enquanto eu comprava a água. Em cada uma das duas mesas da calçada havia um homem barrigudo bebendo cerveja. Os dois eram velhos e tinham bigode. Pareciam derrotados e sem forças para reconhecer a derrota. As cabeças inclinadas para frente, sempre a ponto de tirar uma soneca, apesar da proximidade das caixas de som. João estava de pé entre as mesas, com as mãos dentro dos bolsos da bermuda, grande demais para ele. Olhava para o vazio com a boca aberta. O calor dilatava tudo, exceto o pagode e as motos ensurdecedoras, que estavam ali para garantir a suspensão do pensamento. Enquanto esperávamos que o atendente trocasse minha nota em outro local, aconteceu de novo. João e os dois derrotados perderam sua aparente condição humana e voltaram ao estado de primatas. Já tinha me acontecido no abrigo. Também enquanto esperava, daquela vez pelo Davi que estava buscando uns lençóis na lavanderia. Fiquei olhando para os adolescentes que trabalhavam na horta com Juan Bautista e, sem perceber, comecei a vê-los como primatas. Não era coisa da imaginação, era a verdadeira natureza se revelando, como se alguém tirasse um véu que até esse momento tivesse distorcido minha visão. Eram apenas bichos vestidos com roupas, alguns usavam boné, brinco ou tinham tatuagens nos braços musculosos e sem pelo. Mesmo assim, a primatice se sobressaía, gritando muito mais forte do que os enfeites. Principalmente o olhar, nervoso, atento ou triste, procurando alguma coisa entre as ervas ou olhando para o céu, tentando adivinhar se vinha ou não vinha chuva. Era um olhar de primatas. E João também era um primata, de regata, bermuda, sandália e com uma gaze cobrindo-lhe o braço direito, sentindo o peso dos quarenta graus na sombra. Os dois derrotados eram primatas velhos, sem noção do tempo, apenas ali, ocupando um lugar no meio da antiga floresta, agora substituída por mesas de plástico, carros de som e postes de luz. Naquela vez, no abrigo, quando Davi veio me entregar os lençóis limpos, o efeito primata sumiu na hora em que ele apareceu na minha frente com seu sorriso torto. Era o Davi, não mais primata, e os outros primatas da horta também recobraram a condição de rapazes conversando com um argentino de moicano e olhos claros. Desta vez foi a passagem da van, que levava um Papai Noel e música eletrônica no mais alto som. O Papai Noel ia sentado no teto da van, mas não parecia ter medo de cair, apesar de que a condução estivesse claramente violando os limites de velocidade. Ao contrário, ia sorrindo sob a barba e o bigode brancos, levava uma garrafa de cachaça em uma das mãos e com a outra acenava para crianças invisíveis, porque neste momento, nessa rua, apenas estávamos João, eu, os dois derrotados e um que outro velho assomando o rosto pelas janelas das casas de três andares.

Viu o Papai Noel? Ah? Faz um segundo passou um Papai Noel, em cima de uma van. João me olhou muito sério, ainda saindo do vácuo. Moço, você viu o Papai Noel? O primeiro derrotado não fez o esforço de levantar o olhar. Desisti do segundo. Juro que eu vi. Bora, tá vindo o temporal. Não tinha nem uma nuvem no céu, mas quando o João dizia que vinha o temporal, era para acreditar. Aceleramos o passo e pegamos um atalho para chegar mais rápido na estrada de terra. Fizemos todo o caminho até lá em silêncio. Era o calor, era a pressa e o desespero, mas também aquela revelação que ele não precisava ter feito, porém fez, talvez sendo vítima de um típico caso de profecia autocumprida, que é quando a pessoa se encarrega de materializar o seu maior medo, antes de ser atropelada por ele. No caminho, eu decidia se precisava trazer o assunto à tona em algum momento, se ele tinha me contado para me dar um tipo de chave à sua mente, essa que me dava tanta vontade de espiar, ou se apenas devia guardar a confissão num lugar tão inacessível como aquele onde João guardava a culpa. Escolhi a segunda opção, mais por medo que por qualquer outro motivo, com a esperança de que pronunciar as palavras tivesse tirado pelo menos um grama do peso que ele carregava. Quando chegamos na estrada de terra, o calor começou a diminuir e o bafo a aumentar, pelas árvores, pelo chão e pela ausência de motores, mas também pelas nuvens que já cobriam o sol. Qual é sua graça? João teve coragem pelos dois. Minha graça? É. Como assim? Ele sorriu, desta vez abrindo um sorriso largo, que deixou à mostra os dentes enormes, e arregalando os olhos como se um elefante viesse em nossa direção. Seu nome. Meu nome é minha graça? Ele sorriu de novo. Você não sabe meu nome, João? Uma gota d'água bateu na minha testa, era tão pesada que chegou a doer um pouco. Olhei para o céu, havia poucos espaços azuis. João acelerou o passo, eu respirei fundo e encarei a lomba, tentando seguir o ritmo dele. Quando conquistamos a lomba, a chuva já era uniforme e minha camiseta estava totalmente molhada e colada ao torso. Não havia lugar para nos proteger e, mesmo se houvesse, o melhor era seguir, porque os temporais costumavam durar mais de um dia. Na primeira curva depois da ladeira o chão já estava ficando mole, minhas sandálias começavam a escorregar. Opa! A gente adshfuehflaf. O quê? Asnddsdsidckdstpppper. A chuva era tão forte que não dava para escutar o que João dizia a menos de um metro. Começamos a correr, com cuidado para não cair. Quando chegamos na curva do precipício, resolvemos ficar descalços, havia tanta lama que os pés afundavam e as sandálias ficavam presas no fundo do chão. Na ladeira mais inclinada, tive que descer me agarrando no mato e nas raízes que cresciam ao longo da parede de terra. João desceu de bunda, às gargalhadas, e teve até tempo de voltar para me dar a mão na descida. Depois vinha o trecho da estrada onde as motos costumavam escorregar e os carros ficavam atolados. A lama chegava quase até meus joelhos e até a metade da canela do João. Entreguei a minha mochila para ele e tentamos atravessar de mãos dadas, mas perdíamos o equilíbrio. Começou a trovejar e alguns raios caíram, não muito longe dali. Então andamos todo esse trecho como máquinas, na velocidade permitida pela lama. Cada passo era difícil, programado e exato. Olhei para João: mesmo nessa situação ele habitava seu vácuo, agora com água pingando da ponta do nariz e entrando na boca aberta.

Quando chegamos ao abrigo, não havia energia elétrica e já estávamos praticamente às escuras. As crianças estavam na sala da televisão, brincando aos berros, à luz das velas. Algumas faziam vozes assustadoras, outras choravam e outras riam das que choravam. Eu tinha lama no topo da cabeça, dentro do sutiã e no rosto. Entrei no quarto me xingando por não ter lanterna, peguei uma vela, o isqueiro, o sabonete, o xampu e a toalha, e fui direto ao banheiro, deixando pegadas e um rastro de água marrom por toda a casa. Coloquei e acendi a vela na janelinha do chuveiro, que dava para o morro do vizinho. Tirei as roupas e entrei na água gelada suspendendo a respiração e dando pulinhos no mesmo ponto. Só quando senti que estava limpa e fechei o chuveiro, percebi que o temporal tinha diminuído e ouvi um barulho no mato. Abri um pouco mais a janelinha, mas estava muito escuro. Então saí do chuveiro, me sequei e percebi que uma voz me chamava. Abri a porta, lá fora estava tudo negro, não conseguia ver nada, a vela mal iluminava minha mão. Alguém me obrigou a entrar de novo, fechando a porta na minha cara. Tu vai ver, espera aí, tu vai ver. Olha pela janela, tu vai ver. Pela voz, eu não conhecia essa pessoa, mas ela me tratava como se fôssemos amigos, sussurrando. Voltei à janelinha do chuveiro e desta vez coloquei a vela para fora, esticando a mão. Ainda não conseguia enxergar e a vela apagou. Foi então quando uma luz instável banhou o mato, devagar, como se alguém segurasse um farol. Só dava para ver a luz surgindo da parede do banheiro e se aproximando do morro até iluminar o suficiente: a encosta estava repleta de primatas, todos sentados em linha como numa escadaria curva e natural, uma espécie de anfiteatro, olhando o ambiente, esperando a chuva passar, e ocupando todos os níveis do morro, da base até onde minha visão chegava. Entre os primatas, de todos os tamanhos, sexos e idades, havia alguns seres humanos, nus e calvos, na mesma posição e com a mesma atitude paciente e despreocupada dos outros, esperando a chuva passar e olhando o ambiente, atentos e integrados. Um corpo coberto por plumas negras, longas, se aproximou de mim, segurou a vela apagada, tomou minha mão e a beijou com delicadeza.

Madreselva

Só a neve ensina o que é um pássaro.
EMILY DICKINSON

Assim que se levanta da cama, ela tira a calça, o blusão e as meias que usa para dormir, e coloca a meia-calça, o vestido e o cachecol que usa para trabalhar em casa. No rito cotidiano, o abandono das roupas mornas, impregnadas com a espessura do sono, é a primeira entrada na sustância rala que compõe o lado diurno da vida. Algo acontece entre as mudanças revezadas de temperatura, o movimento das pernas e dos braços, as torções de coluna e pescoço, o contato das mãos com os pés e as pernas, e o ar que roça diferentes partes do corpo. Algo como uma muda de membranas, necessária para instaurar o dia. *Ustedes no están leyendo las señales.* Ela não sabe onde nem como a ouviu, mas a frase a andava rondando desde o dia anterior, e foi a primeira coisa em que pensou quando abriu o vidro e as pequenas portas surradas da janela do quarto, que dava ao quintal interno da casa. Havia três ou quatro rolinhas dando pulos aqui e ali, bicando entre as pedras que dividiam o canteiro, e um colibri aproveitando o néctar da trepadeira.

A casa era escura. A claraboia do primeiro andar, na saída do seu quarto, estava coberta de mofo e folhas decompostas ou em processo de decomposição. Naqueles dias, algo maior do que as folhas se desmanchava. Ela estava perdendo o rastro de qualquer sinal que indicasse a passagem das horas, a duração das semanas, a sequência dos meses, qualquer presença com a materialidade suficiente para ajudá-la a delimitar o próprio contorno. Havia um calendário na cozinha. Era de dois anos atrás e cada mês vinha acompanhado com a imagem de algum elemento natural — uma lagoa, um bosque, uma rosa, um pôr do sol, um golfinho — e uma frase inspiradora sem relação com a imagem. Ela passava as páginas do calendário quando se entediava com as imagens. Fazia poucos dias que a madreselva do quintal tinha respondido aos seus cuidados desastrados, agressivos até, com o surgimento de uma quantidade indecente de flores brancas, vermelhas no meio (ela se perguntava se teria tratado o filho que não teve com a mesma violência). Ou talvez a planta estivesse apenas respondendo ao início de uma nova estação, mesmo que chegasse mais cedo ou mais tarde do que o esperado. *Ustedes no están leyendo las señales.*

Ela não sabia de estações, vinha de outra latitude onde o tempo se manifesta em outro ritmo. Da pequena janela do quarto, algumas noites conseguia ver a lua e uma ou duas estrelas no pedaço de céu recortado pela silhueta dos prédios. Mas nem as fases da lua, nem as mudanças visíveis nas plantas, nem os ciclos mais ou menos longos do sol tinham o efeito de criar uma vida organizada fora de si, como a que antes costumava ter. O isolamento lhe dava uma faculdade de diluição maior do que a habitual, aderida desde sempre ao seu temperamento. A isso se somava o fato de não ter notícias do mundo exterior, com exceção das saídas rápidas ao mercadinho da esquina para comprar alimentos. Quando se mudou para aquela casa, ela decidiu não se conectar a nenhuma rede e cancelar o plano do telefone. Só tinha vontade de retomar os rascunhos para peças de barro, tinha abandonado a cerâmica no início da crise de relacionamento que desembocou na mudança. Pretendia morar pouco tempo nesse lugar, até decidir o rumo, mas acabou ficando, cada dia mais imersa naquela nuvem viscosa de incerteza e arrependimento que passou a ser o estado permanente da vida. Por isso o seu espanto naquele dia quando viu o quintal iluminado pelas flores brancas, frágeis, e mesmo assim com o vermelho exposto: a resposta da trepadeira era a experiência mais próxima da comunicação que ela tivera em semanas. *Ustedes no están leyendo las señales.* Por um momento chegou a pensar que tinha ouvido a frase na rua, mas a ideia não se sustentava diante da sensação que acompanhava o som interno, como se ela tivesse uma atmosfera úmida e escura grudada na pele. Então voltava à hipótese do sonho.

Os degraus rangiam e cediam quando ela pisava. O corrimão das escadas estava frouxo, mas ela insistia em usá-lo: não confiava em seu próprio equilíbrio. Sempre que se apoiava, a peça de madeira se inclinava para fora, ela se assustava por um segundo e logo reagia colocando a outra mão na parede. Por mais que a limpasse, a parede sempre tinha uma camada de pó, vestígios de insetos agarrados ao cimento ou os primeiros pontos de uma teia de aranha que não parava de surgir. Cambaleando entre o tremor do corrimão e a repulsão da parede, ela conseguia chegar no térreo. O dono da casa tinha viajado pelo mundo. Nas paredes da cozinha tinha placas do Canadá, da França, da Dinamarca, do Peru, da Índia. Nos fundos, a cozinha era a antessala do quintal, que recebia poucas horas de luz pela manhã. Era uma das poucas casas do Centro Histórico que ainda conservava a estrutura original. Dentro, tudo era de couro, de madeira ou da cor do couro e da madeira. Antes da sua chegada, depois da morte do dono, a casa tinha ficado vazia durante um ano. O piso, as portas, os caixilhos das janelas e as escadas já tinham cedido à ação dos cupins. Ela não chegou a conhecer o dono, mas podia senti-lo envolvendo cada móvel, cada objeto; estava decantado nos vazios, ressoando na garagem sem carro, agora ocupada por caixas de livros, discos, revistas, ferramentas e objetos avulsos. Foi vasculhando naquelas coisas que um dia encontrou o bilhete escrito à mão: "Hoje recebi o pagamento das minhas aulas e posso quitar a dívida que tenho contigo. Por favor, não ignores esta mensagem. Eu sei que sou melhor pessoa quando estou sóbrio. Te amo, Tomás". Era uma ruína com nome próprio. Ela era uma intrusa nessa ruína.

Quando ela chegou, o mato do quintal já cobria os muros, o canteiro e parte da casinha que o dono tinha construído nos fundos. Para um zelador, ela supôs, mas não tinha certeza. O amigo do amigo, agente imobiliário a quem a família do dono tinha encomendado a venda da casa, se limitou a entregar as chaves e explicar como funcionava o essencial. Ela passou vários dias olhando com preguiça para o quintal, sem reparar nos detalhes. *Ustedes no están leyendo las señales.* Uma tarde, depois de um aguaceiro, o corpo a levou para fora e começou a arrancar o mato pela raiz, com as mãos nuas. Não parou até limpar todo o quintal. No processo, ainda que um pouco tarde, percebeu que havia várias samambaias, um par de taquaras e a madreselva ocultas sob o mato. Ela se conteve a tempo antes de acabar matando as plantas. E descobriu o canteiro, demarcado por pedras médias. Apesar da rusticidade do material, o dono caprichou tentando encaixar as pedras com algo de harmonia. Também tinha cuidado da trepadeira: estava artificialmente aderida ao muro em pontos estratégicos; ele traçou um percurso para ela, usando um arame vermelho para uni-la a pregos e aos paus de taquara. Quando ela terminou, o quintal ficou mais claro, enfeitado pela madreselva firme e inteira, ainda que um pouco maltratada, as taquaras, as samambaias que sobreviveram e algumas plantas desconhecidas dentro do canteiro que, aos seus olhos inexperientes, estavam entre ervas daninhas e ervas comestíveis. Demorou quase toda a manhã seguinte tirando os montes de capim que restaram do dia anterior e terminando de limpar o chão com uma mangueira. Depois desses dois dias ela se sentiu mais leve. (Quem sabe ela teria sido capaz de cuidar do bebê, sim. O quintal, por exemplo, agora estava mais bonito.) A casa também parecia menos carregada com a memória do dono, e ela começou a trabalhar por períodos mais longos nos rascunhos para as peças de barro.

Aquela manhã pensou pela primeira vez em adaptar a casinha do fundo para ser usada como um ateliê. Parecia a primeira manhã do inverno. Ela olhava para a casinha através do vidro sujo da cozinha enquanto aquecia a água para o café. Ainda que não estivesse chaveada, até então ela não tivera coragem de abri-la — sentia medo do que poderia achar ali dentro. Pensava nisso quando lhe pareceu sentir um movimento fora, perto da janela da cozinha que dava para a área coberta do quintal, onde havia tábuas, lajes, sacos de cimento e outros materiais de construção empilhados. Era um corpo branco, redondo, muito quieto perto das tábuas de madeira, a cabeça encolhida, a plumagem suja e eriçada. Aquela intrusão a paralisou por alguns segundos. Duvidou que realmente estivesse ali. Era uma presença tão frágil quanto violenta. Ela não sabia como se aproximar, nem se devia fazê-lo. Parecia doente, porque não se mexia, recolhia o bico, como se quisesse escondê-lo, e fechava os olhos. Ela podia ver que respirava, mesmo através do vidro. Respirava com força, ela se dava conta pelo movimento do corpo: por um momento saía do recolhimento e se inflava e desinflava como um balão. Ela se perguntava se aquele era o movimento normal de um pássaro ao respirar ou se era o esforço de um moribundo. Ela se perguntava se aquilo era um pássaro. Por uns segundos viu seu pai no hospital, entubado, com a cara inchada, as mãos grandes, grossas, que tantas vezes seguraram as suas, agora quietas, pesadas, sem sinal de afeto, uma em cada lado do corpo. Lembrou como inflava e desinflava o peito, com precisão robótica. Lembrou os sons exatos da máquina. *Ustedes no están leyendo las señales.* Naquele hospital também não existia o tempo, apesar do ritmo do aparato. Justo, como o sol — sustento da vida, indiferente ao portador. Este animal ainda não estava morto.

Resolveu se aproximar com um pano de prato na mão. Não sabia qual seria a função do pano, apenas o pegou e abriu a porta do quintal. Foi se aproximando muito devagar, em parte para não assustar o animal, em parte para ter tempo de assimilá-lo, e em parte para se proteger de um possível movimento brusco. Ele não se alterou, nem mesmo quando ela se agachou para olhá-lo melhor. Talvez estivesse dormindo, ou a energia não lhe alcançasse para mais do que se inflar e se desinflar. Sobre a plumagem tinha restos de teia de aranha, pó e areia. Ela olhou para as tábuas empilhadas e deduziu que ele andava se escondendo ali dentro. Depois de olhá-lo por um tempo, sem questionar o método ou a rapidez do seu estudo, ela concluiu que o pássaro estava morrendo. Apesar disso, o medo do primeiro encontro diminuiu um pouco. Ela trouxe uma cadeira e se sentou ao lado, pensando em como ia salvar a vida do pássaro. Não sabia a quem chamar, nem queria acudir ao ex (tinha se prometido não voltar a procurá-lo depois da separação), mas podia testar a sorte levando o bicho a um veterinário. Então resolveu usar o pano para cobri-lo, agarrá-lo com as duas mãos e colocá-lo dentro de uma caixa de papelão, pelo menos era isso que ela imaginava que poderia fazer. Respirou fundo e foi se aproximando com o pano aberto, muito devagar. Ao sentir o primeiro contato do tecido, o animal abriu as asas e correu desastradamente até uma das entradas da toca formada por tábuas, sacos e lajes. Do jeito que deu, se enfiou até o fundo, onde ela não conseguia chegar. Diante do fracasso da ideia do veterinário, ela optou por deixar água e pedacinhos de maçã numa tampa de plástico na saída do esconderijo e entrou na casa para ver se ele se animava a sair de novo. Ela ficou na cozinha, atenta. O pássaro saiu, meia hora depois. Não só saiu, mas ficou em cima da tampa, sobre a água, e comeu por um bom tempo. Ela o olhava de longe, protegida pelo vidro da cozinha.

O dia estava frio e ensolarado. O quintal recebia luz direta do sol apenas no pedaço do muro tomado pela madreselva e chegava a tocar parte do chão. Aquela era sua paisagem: o quintal, agora ressuscitado, um ângulo de luz antes ignorado e essa criatura faminta, sedenta, suja, sufocada. Quando terminou de se alimentar, o pássaro voltou a ficar em bolinha, mas não se escondeu. Apenas ficou ali, respirando, de olhos fechados. Mais tarde ela resolveu se aproximar, devagar, e desta vez ele reagiu estendendo um pescoço tão desproporcionalmente longo e vivo que ela jamais o teria imaginado aderido àquele corpo redondo e moribundo. Um bico porfiado, olhando para o céu. O pescoço desdobrado num gesto original, sem destinatário. Mãos geladas, coração disparado, tripas feito nó. O movimento ondulante e firme de um pescoço em direção ao sol, ou à mãe que ela não era (que ela tinha decidido não ser), aquela avidez radicalmente só, uma pulsação branca que a dividia ao meio, a ela e à sintaxe de um quintal até então órfão de língua.

Ela fez várias tentativas naquele dia. O pássaro sempre respondia esticando o pescoço ou fugindo quando ela arriscava pegá-lo com o pano. Até que ela desistiu e o deixou estar. Afinal, ela também precisava do seu espaço. Entrou na casa e seguiu trabalhando nos rascunhos. Naquela noite o pássaro dormiu na sua toca, a comida sempre renovada, esperando por ele, e uma parte dela foi se deitar esperando que no dia seguinte não houvesse pássaro, que todo aquele encontro não fosse mais do que um sonho longo e intrincado. No meio da noite ela acordou assustada, desceu na cozinha para beber água, mais uma vez equilibrando o corpo entre o corrimão frouxo, os rangidos da madeira, o pó e os cadáveres de insetos. Embaixo, aproveitou para espiar a toca. Não estava dentro, mas ali estava o prato de comida, já com poucos restos de maçã. Procurou no quintal de longe — nesse horário a madreselva reinava pelo cheiro — e não teve que acender a luz para vê-lo: um ponto branco entre as plantas do canteiro, quieto, olhando para ela. Foi dormir com essa imagem. *Ustedes no están leyendo las señales.* Ela quis voltar à atmosfera que vinha com as palavras, ver se assim conseguia desgrudá-la da pele, mas não teve sonhos naquela noite.

No dia seguinte, não conseguia achar o pássaro. Procurou na toca, entre outros montes de madeira, voltou a examinar o canteiro, mas nada. Apenas algumas rolinhas, mais uma vez pulando agitadas, numa espécie de luta territorial. Olhou em todos os cantos, nenhum rastro do animal, parte da comida ainda na tampa. Entre aliviada e desolada, se conformou e voltou à sua rotina. Passou o café e foi bebê-lo na mesinha de fora, pensando que já era hora de comprar a argila, em algum momento teria que passar dos rascunhos à massa. Poderia improvisar uma mesa de trabalho com as tábuas. E, com todo aquele material de construção, a ideia do ateliê na casinha era perfeitamente realizável. Então o viu, parado no ângulo de sol, todo esse tempo esteve ali, a encarando camuflado entre o branco das flores e a luz que o cobria. Como na noite anterior, como no primeiro dia, ela ficou parada por um tempo, assimilando a presença cada vez mais instalada no quintal, cada vez mais viva. Nesse lapso de tempo, ela acompanhou o percurso da luz do sol, que aos poucos foi se reduzindo no chão e subindo pelo muro até sumir. O pássaro esperou até receber a última partícula de sol e depois andou por aí, dando pulos, às vezes curtos, às vezes longos e compassados com o movimento ondular do pescoço, em busca de comida entre as frestas do chão ou no canteiro. Ela renovou a água e os pedaços de fruta e os colocou na parte aberta do quintal, onde ele resolveu passar a manhã. A presença do pássaro — da garça? —, dono autodeclarado do espaço, tinha afugentado as rolinhas, mas um ou outro colibri seguia aparecendo.

Assim se passaram mais dois dias. Ela continuou trabalhando nos seus rascunhos e trouxe o primeiro bloco de argila. O pássaro cada vez mais empossado, todas as vezes o encontrava num ponto diferente do quintal, em locais cada vez mais altos, ou mais estranhos, como na mesa onde ela tomava café. Às vezes ele corria de uma ponta a outra, como se algo ou alguém o estivesse perseguindo. Uma manhã voltou a perdê-lo de vista e esteve em agonia até encontrá-lo escondido entre os galhos baixos da madreselva. Nesse momento decidiu que precisava fazer alguma coisa. O pássaro não podia seguir vivendo ali, esse não era o lugar dele, nem o dela, não por muito tempo. Precisava pensar no dia em que deixasse a casa, não podia abandoná-lo à própria sorte. Talvez estivesse perdido, talvez tivesse uma asa lastimada ou estivesse doente. Ela tinha descartado a ideia de levá-lo ao veterinário ou a um refúgio de animais por covardia: preferia ter um animal estranho preso no seu quintal do que pedir ajuda — não era capaz de tocar nele, nem de soltá-lo, nem de ignorá-lo. *Ustedes no están leyendo las señales.* Cheia de dúvidas, e de vergonha por não cumprir a promessa, ligou para o ex. Combinaram que ele iria na manhã seguinte e a ajudaria a pegar o pássaro para levá-lo juntos a um refúgio.

No dia seguinte, depois de mais uma noite sem sono e sem sonhos, ela se levantou muito cedo, passou o café e se sentou a esperar. O pássaro a olhava desde seu ângulo de sol. Ela sentia uma saudade antecipada, nervosismo porque veria o ex (percebeu que não era mais o ex, era o pai do filho que não teve), medo da reação do animal quando fossem pegá-lo. A luz terminou seu trajeto e o pássaro foi beber água e comer um pouco de maçã. Depois voltou à madreselva e, entre um pulo e outro, chegou ao ponto mais alto que ela o tinha visto alcançar, muito perto do final do muro. Nesse momento ele bateu na porta.

Enquanto ela passava mais café para os dois, ele foi no quintal. Em menos de um minuto, voltou na cozinha:

— Voou.
— O quê?
— O pássaro, foi embora.

Ela se virou para olhar a madreselva, ele também. Nada de pássaro.

— Não é possível... o que tu fez?
— Nada, cheguei perto, mexi num galho e ele voou.
— Como assim? Pra onde?
— Sei lá... pra lá — e apontou para um ponto qual-

quer com a mão, como se estivesse decidindo a direção por impulso.

Ela não soube como reagir. Teria gostado de se despedir, só agora percebia. Não confiava no ex. Por mais absurdo que fosse, achava que ele podia ter mentido, que o pássaro seguia ali, escondido em algum canto do quintal, e que ele teria dito isso para que ela se esquecesse do assunto.

— Tu viu ele voando mesmo?
— Claro, não estou te falando? — olhou para ela confuso.

Ela o olhou com raiva, mas não soube do que acusá-lo. Os dois se sentaram à mesa do quintal para beber o café. Ela olhava a madreselva de longe: ainda tinha esperança de que ele tivesse se enganado ou estivesse mentindo. Resolveu se aproximar e procurar entre os galhos da planta. Não estava. Procurou em todos os cantos do quintal e em toda a superfície do muro. Olhou até no telhado da casinha, o lugar mais improvável, porque era o mais alto. Nada. Voltou à mesa. Os dois ficaram calados, bebendo café. Ela sentia o quintal vazio, o corpo vazio, mas sabia que ele não tinha como entender, então não falou nada e deixou que fosse embora. Quando voltou à cozinha, olhou de novo através do vidro. Ali estava, acima da madreselva, na parte mais alta do muro. Ela ficou de pé na entrada do quintal para vê-lo mais de perto. Recebia o sol em cheio. Olhava para o céu em todas as direções. O corpo equilibrado, harmonioso, os olhos vivos. Nem rastro

da pequena bola de penas sujas que se inflava e desinflava. Ela soube o momento exato em que ia voar:
o viu tomando a decisão, o viu ir embora, quem sabe
para onde. Ela soube que essa seria a última vez e ficou
quieta, tomando fôlego para abrir a casinha do fundo.

Deriva

Uma mulher no mar aberto, debruçada numa tábua laranja. As ondas a elevam e a fazem deslizar de volta ao falso ponto de partida. Ela parece entregue, mas não é possível distinguir os detalhes. Você vê a imagem de longe e do alto, cada vez mais alto, do céu vasto. O mar, que já era calmo, vai emudecendo. Você só escuta o vento, de leve. As ondas começam a assemelhar-se a dunas brilhantes e, aos poucos, perdem forma e altura. A mulher também perde o contorno e as cores. Primeiro se transforma em mancha, depois em pingo. Agora não tem ondas, só listras brancas e a mulher, que daqui a pouco vai ser nada ou quase nada, caso você seja uma águia.

Vórtice

Sou o centro de um redemoinho que ainda não se formou. Sou a formação do redemoinho. Sou os olhos de um pássaro negro que ainda não me viu. Sou o pássaro negro. Estou voando, bem alto no céu. Minhas asas vão se desdobrando aos poucos, como chuva. Elas têm um motivo de vitral barroco, de crescimento concêntrico, linear e ondulado, com formas que contêm e são contidas, em direções contrárias e complementares. Os motivos são negros e entre eles há vazio. Eu sou o centro do redemoinho que já se formou. O pássaro vem chegando em círculos, sou o centro dos círculos. O pássaro é maior do que o próprio céu e do meu lado tem um pombo quieto. Cinza e quieto. Eu quero segurá-lo, mas o voo do pássaro me intimida. Sou os olhos grandes, humanos, furiosos, deste pássaro negro que ameaça atacar, que se aproxima cada vez mais, que chega quase a dar bicadas, mas, em vez disso, ele me olha, severo. Eu sou os olhos desproporcionais para um pássaro, inclusive para um pássaro deste tamanho.

Constelação

Um homem alto e magro esquadrinha a estante de uma biblioteca. Uma mulher o observa do lado de fora da janela. Ela está de pé no corredor externo do segundo andar de um casarão colonial, em uma das varandas que dão para o pátio central, onde há um chafariz e um jardim. É noite, o pátio escuro está às costas da mulher e ela está às costas do homem. Ele tem a cabeça um pouco inclinada para a direita, lê o título de um livro. Do lugar onde ela está, consegue ver apenas parte da estante que o homem percorre com os olhos e que parece cobrir toda a parede. A iluminação dentro do gabinete é tênue e, dado o tremor da luz, parece que em algum canto há uma lareira acesa. Outro homem aparece no final do corredor, vem andando sem pressa até a mulher e lhe diz alguma coisa. Ela escuta, depois olha para o homem dentro da biblioteca e, logo depois, os dois se afastam da janela andando até um extremo do corredor, onde degraus levam a um terceiro andar. Lá em cima, eles se debruçam na varanda, olhando para o pátio escuro e para o céu que, agora ficamos sabendo, está estrelado. Dali é ampla a visão do pátio, e o céu parece desabrochar. Entretanto, a biblioteca ficou escondida, apenas é visível a luz tênue da janela. O pensamento da mulher continua lá, mas ela e o segundo homem parecem estar à espera de que alguma coisa aconteça, ele olha com atenção para o pátio escuro e para o céu alternadamente, enquanto os olhos dela perambulam entre o escuro e a luz da janela. É como se ela quisesse chamar o homem da biblioteca para ver o que está por acontecer. Aos poucos, no meio do pátio, por cima do chafariz e à altura dos olhos deles, algo começa a surgir. No início, são pequenos brilhos verdes que vão ganhando continuidade em uma forma alongada feita de camadas que se sobrepõem ordenadamente. Entre as camadas longas, que agora exibem um verde-esmeralda, surgem formas arredondadas de uma cor ocre, que, por sua vez, contém círculos escuros. Eles só descobrem que as camadas são penas quando da escuridão emergem duas grandes asas da mesma cor ocre dos círculos, e um azul intenso desenha o corpo também alongado do qual saem duas patas curvadas sobre si mesmas, uma cabeça pequena e um bico curto. Duas manchas brancas terminam de compor a imagem: é a cor do penacho que adorna a cabeça e a do círculo que contorna o único olho visível do ponto de vista deles. O pássaro abre e bate as asas, mas se mantém flutuando no mesmo lugar, e o brilho que seu corpo desprende por vezes se confunde com o brilho das estrelas ao fundo. A mulher olha para a imagem do pássaro e de novo olha para a janela da biblioteca, desta vez com mais urgência e mais rapidez no gesto, como se quisesse gritar ou correr. Mas, em vez disso, olha para o homem do seu lado, ele a olha de volta e lhe diz outra coisa. Os dois ficam quietos, as cabeças voltadas de novo para o centro escuro do pátio.

Contato

O olhar atravessa a imagem, mas ela não se detém. Vê toda a imagem emoldurada na janela. Percorre a superfície da árvore, parece sentir a luz com a epiderme. Vê as estrelas no fundo, nas pitadas de céu negro que aparece entre as folhas, mas prefere não reparar nelas. Não sabe se é dia ou noite, e ignora que não sabe. Olha com o gesto hipnótico de um bebê, inconsciente dos limites. É puro olhar desatento. Continuidade com o espaço. Está dentro e está fora. Mas então, aos poucos, as estrelas ganham brilho com o desvanecimento da luz. Parecem pingar das folhas, como se estivessem no mesmo plano. Agora seu olhar é capturado pelas camadas da árvore. O tronco é liso, avermelhado e tortuoso. Muitos galhos finos se sobrepõem e seus olhos pulam de um para o outro. A escuridão paulatina tem o efeito de ir revelando os pássaros. Muitos deles, elegantes, sutis, com longas penas brancas, dando bicadas nos galhos ou ensimesmados na higiene pessoal. Eles fingem ignorar sua presença, a invasão de seu olhar. Quanto mais atento o olhar, mais os pássaros se multiplicam, e a imagem vai lhe revelando a própria capacidade de ver. O último a surgir é o que está mais próximo à janela. Também se destaca em tamanho. Os olhos se encontram, o pássaro quer dizer alguma coisa, então solta um grito que também o assusta.

Vulcão nevado

A montanha que eles sobem é um animal adormecido. Da primeira elevação do chão nasce uma orgia de árvores robustas de graviola e noz-moscada entrelaçadas com palmeiras, cipós, tulipas e orquídeas. Moscas, aranhas, abelhas, cigarras e formigas são as primeiras anfitriãs visíveis e audíveis. Eles precisariam aguçar os sentidos para distinguir pássaros, macacos e marsupiais em meio ao organismo que agora penetram. Eles são dois homens e uma mulher. Sobem devagar, de pedra em pedra, na contramão do curso da água limpa de um riacho. Não têm nenhuma vontade de voltar e nenhuma bagagem, apenas o primeiro homem segura um cajado de madeira. Com a camiseta por dentro da calça de tecido sintético, seu corpo modelado pela montanha transmite estabilidade. O cajado longo, liso e grosso lhe dá uma autoridade imediata, como a de um indígena velho. A mulher usa um boné, uma camiseta preta sem mangas, uma calça de algodão e leva um casaco amarrado à cintura. Olha para o chão a maior parte do tempo, o peso de algum pensamento faz com que sua cabeça se incline para baixo. A firmeza dos movimentos mostra que ela conhece bem a montanha. O outro homem, de bermuda, sobe mais inseguro, por vezes para, hesita e testa a segurança de algum pedaço do terreno, ou se segura num tronco úmido. É baixo, grosso, e a largura dos seus ombros está em harmonia com o tamanho da cabeça calva. Tenta acompanhar o ritmo dos outros dois com movimentos desajeitados. O ritmo do grupo é constante, não apressado. A atitude dos corpos revela que têm um destino. A vegetação vai se fechando, mas eles continuam firmes e calmos, perseguindo a promessa de páramo. Mais do que tê-lo, habitam o tempo. A montanha é o tempo. Neve perpétua no topo, névoa gelada pairando, plantas pingentes, pesadas, mães de lagoas e leitos fundantes de vida que morre e se integra ali mesmo, no chão que eles pisam, no ar que lhes enche os pulmões exaustos. O ar esfria, o verde escurece, o solo se abranda. Um grupo de pinheiros anuncia o planalto. É a abertura do campo, a expansão da visão. A mulher levanta a cabeça à procura do sol e o primeiro homem faz um sinal com a mão. Os três chegam perto de um arbusto de folhas grandes, grossas, cobertas de pelugem, do qual nascem flores roxas em forma de trompete. Então escutam o zumbido. Parece o som de um besouro, mas o animal é maior, vai e vem entre o arbusto e o campo. Eles não conseguem acompanhar a velocidade do voo com o olhar. Aparece à esquerda, à direita, em cima, embaixo, até ficar suspenso no vazio, sustentado pelo batimento acelerado das asas. É um colibri diamante, afirma o homem do cajado. O corpo preto com plumas verdes não deve medir mais de cinco centímetros. O bico, muito fino, quase iguala o tamanho do corpo. A mulher abre a palma da mão esquerda e o colibri se aproxima como se fosse dar uma bicada, mas recua antes de fazê-lo. Desaparece e depois regressa à mão aberta, mas de novo não faz contato e some de vez. Quando retomam o caminho, ela volta a olhar para o chão e pensa no centro profundo daquele ser que agora pisa: há um rio de fogo que também aguarda o momento certo.

Intruso

Um quarto pequeno com duas camas de solteiro. Uma delas está feita. Os lençóis e travesseiros brancos não têm uma ruga. Na outra dorme uma jovem de cabeça raspada e pele bronzeada que está apenas de calcinha e regata pretas. Está deitada sobre um lado do corpo, uma perna dobrada com o joelho à altura da barriga e a outra esticada. O pé da perna esticada está coberto pelo lençol branco amassado e quase caindo no chão. O outro pé se esconde por baixo da perna esticada. Sob o travesseiro, a mão direita repousa sobre a esquerda. Do lado da cama arrumada, a única janela do quarto não tem cortina, e o vidro, opaco por causa da poeira, deixa passar a luz sem violência. Não deve ser muito tarde, o calor ainda é suportável e a jovem dorme tranquila. Ela só abre os olhos por causa de um barulho metálico que vem do corredor. O barulho se repete, ela levanta o torso e estica a perna que estava dobrada, apoiando os antebraços no travesseiro, de modo que fica na postura de uma sereia, porém sem o cabelo. O barulho se repete, mas desta vez não é metálico, é seco, e parece estar se aproximando da porta do quarto. A jovem se levanta de um pulo e vai até a porta. Quando a abre, dá mais um salto para trás e engole um grito. Depois assoma a cabeça de novo, para conferir o espanto. No corredor, um pavão olha para ela, os olhos das penas apontam para o teto, as penas se arrastam pelo chão, as asas tentam se abrir, mas se fecham ao bater nas paredes. O pavão também se assusta e corre em direção às escadas que ficam logo depois da porta do quarto e levam ao primeiro andar da casa, mas ela chega antes e começa a dar pulinhos no mesmo lugar, como um goleiro, fazendo com que o pavão se assuste mais, dê a volta batendo as penas contra as paredes e corra até o fim do corredor, onde a porta da varanda está aberta. Por onde ele entrou, provavelmente. Ela vai atrás e continua a dar pulinhos, até que o pavão pula e pousa no corrimão da varanda, para depois voar em direção ao terreno contíguo. Lá de baixo, um jumento e um cavalo observam o voo enquanto mastigam capim seco.

Estuário

Sou a água extensa e calma de um inferno tropical. A mulher no carro contempla as copas secas dos mangues que me penetram. O homem dirige devagar, navega em mim feito canoa. O veículo tem pneus, janelas e motor, mas não faz barulho. O homem e a mulher abandonam o carro e mergulham no meu corpo, eu roço as peles lisas, os cabelos se expandem em todas as direções. Enquanto ela flutua, continua atenta às árvores. Pássaros brancos de bicos retos pousam nos galhos e se preparam para caçar. Alçam voo e fazem piruetas extravagantes antes de mergulhar. Com força e precisão, eles cravam as cabeças na água e sempre atingem os seus alvos, que guardam rapidamente nas cavidades dos seus bicos antes de voltar às árvores para tomar impulso e recomeçar. O silêncio e a cerimônia do carro-canoa e seus passageiros são substituídos pelo espetáculo dos pássaros famintos. Sua irrupção violenta revela a fragilidade da minha calma e vai criando ondas que se cruzam. Sou um pássaro faminto e cravo o bico na água com toda a potência do meu voo. Tenho inúmeras presas à disposição, avalio sem demora, sou a fome encarniçada. A água é apenas o veículo da saciedade, o limite contínuo do meu voo. Sou o carro naufragando, sou os peixes nervosos, exaltados pelo peso inevitável de uma máquina extraviada. Sou a mulher em pé dentro da água, sem veículo e sem chão, mas estável e estagnada. As piruetas cessam, o carro já está submerso, um último pássaro se apresenta em solo e desta vez ele mergulha por inteiro. Olho em minha volta esperando que ressurja, mas ele não dá sinais. Essa atitude inesperada me angustia, pressinto um ataque sorrateiro. Como a onda que reverbera após a explosão de uma bomba, a energia de seu nado me empurra gradualmente. Quanto mais ele se aproxima, mais intensa é a corrente interna que me impele e mais imbatível é o escudo do meu medo, que acaba sendo fissurado por uma bicada na coxa. A dor me salva do meu peso e nado com o impulso represado em direção a uma ponte distante, ampla e promissora. Sou um pássaro de bico reto e proeminente. Quieto, nestes galhos secos, acompanho o nado dos meus peixes. Uma mulher vai em direção ao mar.

Agradecimentos

Gracias a María Elena Morán pela leitura atenta e pela confiança nestas linhas, com toda a luz e toda a sombra que nelas habita. A Taiane Santi Martins, pelas conversas no sonho e na vigília, por personificar muitos dos motivos que me levam a insistir na literatura e no Brasil. A Amilcar Bettega, que acompanhou e incentivou o livro em todas as suas fases, e escreveu a belíssima apresentação que muito me honra. A Diego Grando, pelo grande professor que é, por todas as parcerias e pela leitura atenta da primeira versão deste livro. A Bernardo Bueno, que orientou minha dissertação de mestrado com paciência e sabedoria de tartaruga. A Paulo Ricardo Kralik, pela oficina de criação literária que coordena na PUCRS, sem a qual eu não teria me reencontrado na escrita. A Julia Dantas, pela excelente leitura crítica do livro e por me ajudar a navegar esse encontro das águas que é meu portunhol. A Maria Williane, pelo seu sotaque e sua arte, pelas leituras e pela capa maravilhosa. A *mi hermana* Pilar Quintana, Ana Santos, Arthur Telló, Altair Martins e Fredy Ordóñez, primeiros leitores de alguns dos textos que integram o livro. A Luiz Antonio de Assis Brasil, pelo enorme legado e pelo afeto. A Fred Linardi, Andrezza Postay, Gisela Rodriguez, Elisa Marder, Geysiane Andrade, Juliana Maffeis, Manuela Rodriguez, Harini Kanesiro, Jonas Dornelles e demais amigos das letras. Ao Conselho Nacional de Desenvolvimento Científico e Tecnológico do Brasil (CNPq), que me concedeu a bolsa para cursar o mestrado que deu origem a este livro. Ao Ministério da Cultura da Colômbia, que me auxiliou financeiramente no início da viagem ao Brasil. À Casa de Tradutores Looren, que me concedeu o apoio financeiro para participar da residência e me acolheu em minhas duas línguas e em tantas outras, como tradutora e como escritora. A Flávio Ilha e a João Nunes Junior, pela confiança e pelo cuidado na materialização do livro.

À família e aos amigos que deixei na Colômbia para vir escrever no Brasil.

A Gaston, amor de mi vida, por atravesar una década y un océano para volver a abrazarme. Por cocinarme mientras escribo. Porque tus ojos siempre dijeron que creían, aunque mis palabras estuvieran enterradas en el fondo de la Tierra.

MADRESELVA
ÁNGELA CUARTAS